源文化丛书

江源栖居

唐涓　著

青海人民出版社

图书在版编目（C I P）数据

江源栖居 / 唐涓著 . -- 西宁 : 青海人民出版社 ,
2021.4
（源文化 / 文扎主编）
ISBN 978-7-225-06118-4

Ⅰ . ①江… Ⅱ . ①唐… Ⅲ . ①散文集—中国—当代
Ⅳ . ① I267

中国版本图书馆 CIP 数据核字（2021）第 066035 号

源文化　文扎　主编
江源栖居　唐涓　著

选题策划：王绍玉　责任编辑：张莞　王伟
责任校对：宋巍　责任印制：刘倩　卡杰当周
书籍设计：吾要　刘福勤　杨敬华
封面绘画：吾要　封面题字：古岳

出 版 人：樊原成
出版发行：青海人民出版社有限责任公司
地　　址：西宁市五四西路 71 号
邮　　编：810023
电　　话：0971-6143426（总编室）
发行热线：0971-6143516 / 6137730
网　　址：http://www.qhrmcbs.com
印　　刷：北京雅昌艺术印刷有限公司
经　　销：新华书店
版　　次：2021 年 6 月第 1 版　2021 年 6 月北京第 1 次印刷
开　　本：889 毫米 ×1194 毫米　1/32
字　　数：60 千字
印　　张：6.25
定　　价：62.00 元
书　　号：ISBN 978-7-225-06118-4

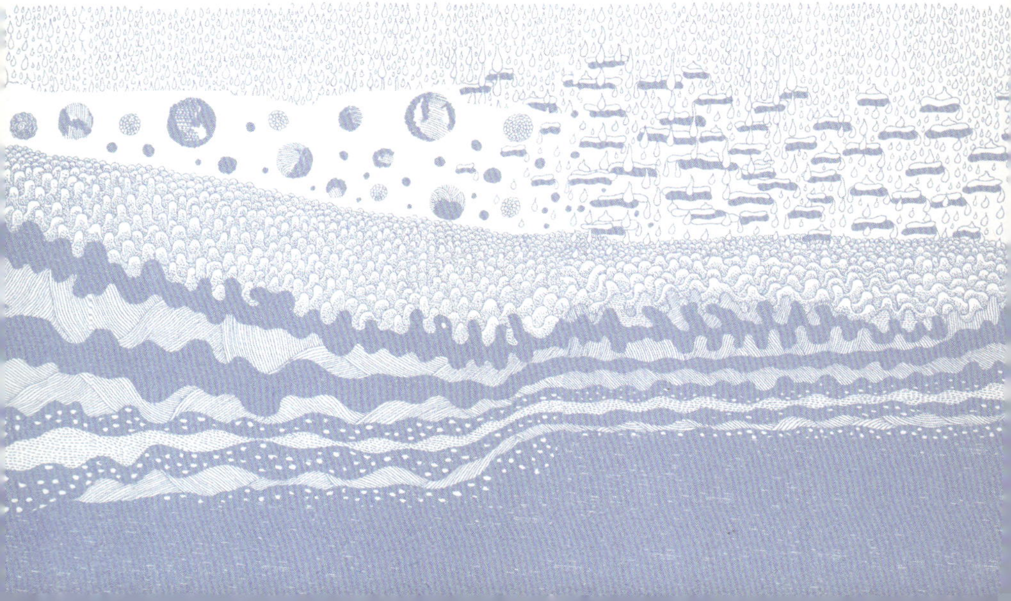

无法与大地割裂开的，才是建筑。

玉树仲达乡古民居　贺大明　摄

玉树仲达乡古民居　贺大明　摄

举目江河源

——代序

马丽华

青海省玉树藏族自治州治多县素享“万里长江第一县”的美誉，以前多番路过，限于乘车往返于青藏线，连过境游都算不上，直到2017年8月，总算身临其境。这首次到访，是为参加该县举办的简称为“三节”或“两节一会”、全称为“第三届全国嘎嘉洛文化学术研讨会暨三江源国家公园长江源区水文化节和嘎嘉洛文化旅游节”，节庆活动包括集体观摩“源文化”系列展示，“非遗”（非物质文化遗产）剧目演出，乃至传统仪式的祭湖祭河、嘉洛婚庆大典等等；分组活动的各嘉宾群体，包括来自北京和周边省区的格萨尔研究专家、三江源国家公园三大园区的管理者、内地帮扶单位的企业界人士；出席节庆活动的还有作家团队、文化传媒团队，盛会之后还将进行以“源之缘，诗性的长江”为题的采风活动。

嘎嘉洛是古地名兼氏族部落名，相传为史诗英雄格萨尔王妃森姜珠牡的出生地，让“嘎嘉洛”一词重新绽放，既是将当地传而承之的游牧文化整合进来，为本地打造一个与众不同的旅游名片，同时也作为格萨尔史诗研究的代名词。从嘎嘉洛文化到源文化，于我而言皆为初闻初识，感觉新鲜，联想到这一节庆活动内容的多元综合，可谓一头连接本土文史，一头连接当代热点：时尚的旅游广宣、超前的国家公园建设，总之，一踏进这个相当边远的县城，原本的高海拔纯牧业县，给我的第一感觉竟然是“信息量好大啊”！

随后，我便见证了这套“源文化”丛书的策划过程。作家团队聚集在县城以外大草坝上的一顶帐篷里，多位丛书作者在场，看来酝酿已久，此为最终面议：落实各人承担的选题、确定完稿时间之类具体事宜。虽多为文科人士，但无论来自青海内外，长期关注源区生态和民生，无一不是厚积薄发，尤其看到兼备地质地理学背景的杨勇参与其中，他可是自1986年举步长江源起，就一直在青藏地区进行科学考察探险的学者，所以我当时就在想，这套融自然与人文为一体的丛书读本，稳了！

这套丛书的发起者是文扎先生，不仅如此，听说他还是“嘎嘉洛”文化和“源”文化的倡导者，当然也是身体力行的实践者。此前我同文扎先生素未谋面，不过并不妨碍我们一见如故，他正是我遍访西藏各地所熟悉的那类“额头上有光芒闪现”的、独具乡土特质的文化名人，是地方文化的代表人物和代言人，这类智者对家乡故土的风物风情珍爱极了，且满怀了感恩之情，哪个地方有了他们，便有福了；所承载其上的文化面貌，也会随之生动起来。难得的是，文扎先生并未止步于守望守护，而是与时俱进，孜孜矻矻致力于开拓创新。正所谓“念念不忘，必有回响”，而回响来自方方面面，你看当下，就有这套以“源文化”为名的丛书得以出版问世，当是实体化了的回响反馈。

“源文化”的内涵还在深入探讨中，可能需要补充完善。但就其本义而言，是知性的，更带感情，这感情里包含着乡愁，更洋溢着豪迈之情。你看治多县境内外，北部有昆仑续接巴颜喀拉的群山叠岭，西部是知名度颇高的可可西里荒原；沿着长江上游通天河溯源而上，是唐古拉山脉，那里是长江和澜沧江的源头所在。长江上游通天河流经治多，治多的藏语含义正是“江源”，“源文化”实至名归。

有了得天独厚的自然背景依托，辅以时代背景——坐拥长江、黄河、澜沧江三江之源的青海省，在筹建三江源国家公园的这些年里，生态意识被空前激发，影响到文学界，虽说本土文化原生态天然地契合于现代环保理念，文学创作自带生态环境意识，不乏对人与自然关系的求索探讨，但是近年来在青海，自然文学、生态书写还是被空前强调，生态书写研究紧随其后，上一年在西宁举办青年作者培训班，巨幅标语正是“深耕黄河文化，厚植青海故事”；青海省作协甚至在祁连山国家公园常设“自然文学创作基地”……这些都是唯青海才有魄力和能力展现的文学风景。所以说，青海不仅在国家公园建设方面领先于全国，在生态文学写作方面也是率先垂范。就这一意义而言，“源文化”丛书的出版并非孤立现象，可视为生态书写的一次良好示范。

尽管终于脚踏实地拜访过治多县城，终究还是一过客。回想很多年以前，每每沿青藏公路109国道翻越唐古拉山口，春夏秋冬走过。这座了不起的山脉，不仅是青海、西藏的行政区划边界，在自然地理方面也是相当著名的分水岭：按照以北以南的源点流向，成为内流河或外流河。从唐古拉山脉发源的长江与澜沧江，可作为教科书式的现身说法。同属一座高原，多年里我对青海充满向往，不时有所涉笔：20世纪90年代采写过可可西里科考、在可可西里为保卫藏羚羊牺牲的治多县英雄杰桑·索南达杰；进入21世纪以来，持续了解有关三江源多项生态工程、国家级自然保护区和国家公园建设等等；写过流经横断山区的澜沧江，甚至为长江、黄河的演化史写过小传……如此常怀崇敬之情，以至于为本文所拟题目，需要用到“举目”，意在无论自然造就还是人为努力，青海始终令我仰望。

三年前在治多县城外的帐篷里，就有动议让我这个虚长几岁的人作序，盛情难却，虚应下来。丛书即将面世，首先祝贺诸位辛勤笔耕的作者们，道一声“辛苦”。当真要我兑现，那就重在参与，只好写下片段感想和一份感动，忝为代序。

2020年10月于北京

目 录

上篇　民居：飘落在大地上的歌谣　1

石砌碉房：与大地一同呼吸　7

黑帐篷：驮在牦牛背上的家园　37

冬窝子：在冰天雪地里翘望春天　59

平顶房：藏汉建筑文化的巧妙融合　63

下篇　古村落：凝固历史的活化石　71

仲达仓：通天河畔的古驿站　75

帮布仓：藏在山中人未知　87

尕哇兰达百长府邸：拉布河谷的传奇　95

藏娘社：被佛光照亮的村庄　111

布由村：一个传颂了数百年的故事　121

卓木齐村：神山护佑的风水宝地　135

吾云达村：大鹏鸟落脚的地方　151

拉司通：播撒绿色种子的使者　157

直门达村：镌刻在牛皮筏上的岁月　167

后　记　176

上　篇

民居：
飘落在大地上的歌谣

治多县立新通天河车卿大拐弯　贺大明　摄

玉树藏族自治州仲达乡古民宅　贺大明　摄

民居作为人类栖身大自然的方式，凝聚了其地域的历史文化和民族精神，而藏族民居更是折射出先祖的生态观念以及生存智慧，还有浓郁的个性美感。可以说，藏族民居建筑是藏族文化重要的组成部分，早已成为青藏高原鲜明的文化符号。

就作为藏民族古老独特文化遗存的藏式碉楼而言，从远古卡若遗址显示出的碉房雏形，到时光逐步雕刻出它朴拙的造型，石砌碉房始终贴近大地，与自然融为一体，并用丰富的信息为我们展现了千百年来藏民族的生存遗迹。三江源域内丰富的林木和石料为石砌碉房这一独特的建筑形式造就了天然条件，而地貌与气候又成为生活在这里的人们必然的选择。藏民族对石的崇拜，对石的理解，以及对力学原理的心领神会，使得这种就地取材的建筑艺术拥有了丰富的历史文化内涵和科学研究价值。可以说，碉房的石砌技术，是凝聚了藏民族智慧结晶，浑然天成的艺术杰作，更是世界建筑艺术宝库中的珍品。石材质地坚硬敦实，散射出阳刚力度之美，好似藏民族坚韧豪放的性格。同时，碉房的用材取自大地，最终又回归大地，没有任何污染，这种原生态，节能环保的精神品质，正是我们当下时代所要担当的责任。

石砌碉房：与大地一同呼吸

班前村石砌碉房　李军　摄

班前村石砌碉房　李军　摄

去班前村时正值夏末，这是草原一年中最丰饶的时刻。班前村地处青海省果洛藏族自治州班玛县灯塔乡，距离我生活的西宁市 700 余公里。沿途穿越甘南草原，旖旎的景致令人心动神摇。如今通畅的高

速公路将如此遥远的路程缩短为 10 个小时多点，这是一代人曾经无法想象的速度。记得 20 多年前我第一次前往班玛县采访，乘一辆老式的北京吉普，在尘土飞扬的道路上不停颠簸，花费两天时间才灰头土脸

抵达班玛县城。中途夜宿玛多县，整夜头痛欲裂，无法入眠，却不知这是高原反应。那次的目的地是玛柯河林场，置身其中，完全被原生态的自然风貌吸引住，并不知晓藏式碉房聚集的村落就近在眼前，最终和班前村擦肩而过。

前往果洛州班玛县考察藏式碉房，这个想法由来已久。作为藏民族古老独特的文化遗存，它与其地域的历史文化息息相关，密不可分。曾经是中国西南地区重要贸易通道“茶马古道”上的重镇班玛，藏语意为“莲花”，一百多年前也是商贾云集，贸易兴盛，因而遍布班玛各地的碉房便融入了多民族文化的建筑元素。这极具特色的民族建筑，也使班前村声名远扬，2014 年被住建部及国家文物局评为“中国历史文化名村”。如今，班前村还是著名的红色景点，当年红军长征途经青海时，曾经驻扎在班前村，村前那片绿意葱茏的草地上，留下过朱德、李先念、贺龙、任弼时等先辈的足迹。走进班前村，你便会和这条红色的路线不期而遇。

我们是在傍晚进入的班玛县城，也许是过了旅游旺季，街市显得有些冷清。20 多年前的记忆似乎早已荡然无存。在中国城镇现代化高速发展的今天，班玛依然以淡定的心态延续着昔日的容貌。有限的街道两旁，都还是些低矮的建筑，并没有矗立起高大的楼宇。只是心里想，这些建筑若能彰显地域民族特色，那安卧在草原深处的班玛就更有情韵了。

从班玛县城前往班前村，距离有50余公里。汽车驶出县城，很快进入了玛柯河林场域内。玛柯河是大渡河重要的源流，玛柯河林场是长江源头海拔最高的天然原始森林，但见山峦苍翠，水流丰沛，散落在山谷间的藏式碉房陆续进入视野。据说班玛碉房最早的可以追溯到800年前，多半至少也有300年的岁月。查阅有关资料，在《后汉书·南蛮西南夷列传》中就有“皆依山居止，累石为室，高者至十余丈，为邛笼。”如此推算，出现在青藏高原最早的碉房建筑大约在东汉时期。而考古发现的石砌建筑技术的年代更早，从西藏自治区昌都市的卡若遗址判断，大约在距今4000年的新石器时代就已产生。

作为世界建筑奇观的藏式碉楼，在青藏高原分布十分广泛，但最密集的地区是川西一带，主要以甘孜藏族自治州境内的丹巴县为核心。丹巴以“千碉之国”享誉天下，尽管我还没有去过，仅从图片上观赏，那直插云霄的气势就足以令人震撼。

其实我感觉，无论川西的丹巴，还是我们的班前，这些藏式碉楼或碉房之所以受到外界关注，还是与近些年来旅游业的兴盛密切相关。很多有关碉楼的研讨论文也都在进入20世纪90年代之后开始面世。出于对藏式建筑艺术的兴趣，我时常关注此类信息，却发现在内地学者的文字中，很少提及果洛的碉房，更别说玉树藏族自治州通天河畔古村落的碉房了，这也许是我想考察本土藏式建筑的一个缘由吧。

在班前村一面向阳的山坡上，依山筑建的石砌碉房错落有致，与

李军　摄

环绕的山水融为一体。班前村以石砌碉房为主，也有少许的夯土碉房和石砌夯土混合的碉房。我之所以把它们统称为碉房而不是碉楼，按照我个人的理解，用建筑形制的概念，碉房和碉楼还是应该有所区别。碉房这个词，主要出现在明清时期的历史文献记载中，也是当时人们对青藏高原石砌民居的特定用语。我先前的理解是，因其形似碉堡，故称碉房，你看它门矮窗小，主要是为了御敌防盗。但我在同玉树州治多县的藏族学者多杰文扎交流时，他并不认同我这样的理解。他认为碉房在藏语里并没有碉堡的意思，同时碉房并不是为了防御而出现的。在后来的考察中，尽管匆匆的脚步只能局限在表层，但我还是渐渐认识到自己的理解有些偏差。

原来碉是个独立的概念，是一个具有防御功能的建筑。而碉房是源于碉的概念而产生的，是藏地群众的安居之所。碉房是以四角为主，高度二三层居多。果洛的班玛和玉树通天河畔的古村落，石砌民居基本都是四角和二三层的碉房。而碉楼主要集中在“横断山脉地区”，也就是四川、云南的西部，西藏的东部一带。在川西，高达几十米的碉被称为“寨碉”，它们矗立在村落的高处或者村口，非常醒目。由村民轮流把守，保卫村落的安全，碉楼主要的功能是战时防御，并不住人。这些地方的碉楼形态多样，少则四角，最多达到十三角，高度低者有十余米，最高可达五十余米。因而从外观形态和使用功能上，我想青海省境内的石砌民居还是称之碉房更为妥切。

碉楼最密集和类型最齐全的丹巴，明清时期曾达到三千余座。想象站在高处远眺，那密密麻麻的高碉恍若一支昂扬的军队，那该是多么壮观的场面。著名作家祝勇在描述丹巴的高碉时这样写道：“碉楼是阳性的，在大地上勃起，充满力度，但它们捍卫的却是阴性的生活，柔和、细腻、温软。所有的丹巴人共同生活在那无形的房屋里，包括死去的人，和即将出生的人。他们的一切都因丹巴而存在，他们的善良、幸福和爱情都是丹巴赐予的，因而离开丹巴他们将会窒息。碉楼表明丹巴的存在，它们把丹巴人的梦想牢牢地楔在大地上。它们像篱笆一样，划出世外桃源的界限。”

其实，藏式碉楼很早就被介绍到了国外，比如美国植物学家约瑟夫·洛克，20 世纪 20 年代在四川省木里藏族自治县考察后，写下的《黄教喇嘛的土地》文章中，描述藏式碉楼的文字及图片就发表在 1924 年的美国《国家地理》杂志上。

如果你走近这些碉楼，它们的高度足以让你仰望，敬畏之情油然而生。因此近些年里，有专家就按照碉楼的形态将其分为若干类型，从最常见的四角碉到十分罕见的十三角碉。据传历史上还曾出现过十六角碉，但早已在岁月的烟尘中化为乌有，现在几乎没有人见过。现存的十三角碉也难得一见，可以想象它的壮观和建造难度。

在青海的江源大地，我的目光所及实在有限，视野里难得出现像丹巴那样的高碉，基本都是外观古拙的四角石砌碉房。在班前村，我

李军　摄

见到了几处拥有300余年历史的碉房，经过如此漫长岁月风霜雨雪的磨砺，它们依然完整地保留着最初的模样。近在眼前的这栋，没有人能说得清这里究竟住过多少代人。碉房的结构为三层，主要墙体为石砌，黄泥涂抹墙面。虽然多处和碎秸秆混合的泥巴都已脱落，裸露出粗砺的石片，但仍可以看出当初涂抹的泥巴相当地厚，差不多达到8厘米，我想这样在冬季能起到御寒保温的作用。三层空间布局有序，疏密自然。一层基本不开窗，可能是为了安全，光线完全来自低矮，而且是唯一的房门，主要用来置放杂物和圈养牲畜。那天我走进这座历史长远的老宅，站在空荡幽暗的底层，想象着数百年前，这个家族的先祖，在没有月光的夜晚，手持什么样的照明用具，来照亮自己的脚步，是那种古老的酥油灯吗？采光最佳的三层是家族设置佛堂的地方，这栋老宅因为年代太久，面积窄小的佛堂已看不出当年庄严鲜艳的色彩，佛堂前面，还设有一个煨桑炉，可见数百年前，藏传佛教信仰已在他们心中至高无上。班前村的老宅还有一个独特之处，在房屋外围又用柳条编织的篱笆墙，隔出了约一米宽的走廊，这样，篱笆墙既能挡风，也可以利用空间放置牲畜吃的草料。

很多年里，我对高原上这些完全利用石块垒砌的建筑，百年屹立不倒的碉房充满好奇，仿佛是一个高深莫测、不得其解的谜。为了探寻这个颇有传奇色彩的石砌技术，班前村的村主任尕玛求特地给我介绍了省级藏式碉楼营造技艺传承人卓杰老人。如今快80岁的卓杰老人住在玛柯河林场林业站后院的一间小屋里，听说有人上门求教，满脸都是笑容。他 7 岁时跟随长辈学艺，20 多岁开始正式参与碉房的建造。虽然我们的言语不通，交流要靠朋友翻译，但透过老人的讲述，一栋碉房建造过程的大致轮廓，渐渐在我眼前清晰地呈现出来。

对藏民族而言，建造一栋生活的碉房是生命中的大事，因而神圣的仪式感在悠远的岁月中代代延续了下来。首先,碉房的选址尤为重要。藏地大多地处高寒地带，一年中的大部分日子风大阴冷，早中晚的温差好像是轮回了几个季节。同时，河流穿越的山谷间山多坡陡，很难有开阔的平地，为了节约十分有限的耕地资源，碉房只有向上发展。另一个原因是，青藏高原在远古曾是大海，如果房子建在低洼处，室内就会潮湿。所以这里碉房一般都会选择背风向阳，或面路面水的高处，大门要朝向苍茫的群山或绿色的田野。位置选定后，房主人就会请当地寺院的喇嘛来卜算一个奠基吉日。破土动工的那天，他们要在宅基地前摆一个祭台，放上供品，煨桑，以感谢神的赐予，并祈祷日后人畜兴旺，吉祥平安。据卓杰老人介绍，班前村一带碉房的地基并不是很深，甚至没有达到一米。这让我不免疑惑，如此浅的地基，如何支撑起高大壮实的碉房。对此，卓杰老人的解释是，玛柯河流域一带的山体，几乎都是坚硬的石山，当时又没有先进的挖掘工具，于是，祖辈们便想出一个聪明的办法，将岩石层表皮的泥土杂草清除干净后，在坚硬的石头上按房屋面积大小凿出 80 厘米深的沟槽。但宽度至少要达到一米，这也是碉房墙体的厚度，只有厚实的墙体，才能抵挡高原严冬的寒冷。这样，庞大坚固的岩石山体，就成为碉房依托的天然地基。尽管很多碉房都是依山而筑，但地基必须是在平整的地面上，地基的沟槽完成之后，要用工具将其夯实，再用大块的长形石头铺筑，就算是完成了地基部分。接下来的石墙砌筑则是碉房的关键。这个传承了千年时光的高超技艺，在赐予了这些碉房朴拙庄重的形象同时，也带给我们一种不可思议的神秘和惊讶。

让我们来看这面石墙，这些大小、长短不一的石片，完全是天然形状。但必须经过严格挑选，质地坚硬，不易风化，无裂纹，无杂质。然而，要想把这些极不规则的石片从墙基砌筑起来，让它们垂直于地面，相互间严丝合缝地自然咬合，错落叠压，结结实实地融为一体，并非易事。砌墙工匠以丰富的经验找到了一种找平和加木筋的方法。找平就是当石墙每砌到一定高度，工匠就会停下来，用一碗水或线锤来检测墙体的水平有没有误差，这是保证墙体质量的关键环节。然后要给石墙加上一层长条木板，我发现在一些缺少木材的地方，他们就用长条的厚石片来代替。但我不知道木头“筋”和石头“筋”有无区别。为了测试一点点垒砌的石墙是否坚固，是否经得住高原风霜雨雪的严峻考验，匠人们常常采取分层构筑法。也就是碉房每盖好一层，就会被搁置起来，经过四季轮回的细细观察，确定没有任何施工缺陷后再继续下一层的筑建。因此这里的一栋碉房往往需要数年时间才能完工。

李军　摄

李军　摄

李军　摄

砌筑过程中，石片之间要形成“品”字形结构，空隙必须用碎石填实，每砌完一层涂抹黏土，掺和草秸黏合石块，不能留一点空隙。这些技艺精湛的工匠，在与石头朝夕触摸中，逐渐练就了一双火眼金睛。千姿百态的石头，只需看一眼，就能把它们各归其位。选择一面比较光滑整齐的，叫面石，可以用来砌筑墙面。选择有一定长度，扁平的片石，可以用来砌筑里墙，叫里石。还有太多的不规则的小石子，可以用来填塞面石和里石的空隙，叫内石。最难的是它的收分、转角技术，完全凭借工匠丰富的经验和操作时的手感，层层叠叠，自下而上。没有图纸，更没有设计师，石墙筑至高处，甚至看不到脚手架，只见工匠站在内墙，反手砌之，游刃有余。他的手里仅仅晃动着填石缝的泥抹子和夯石的铁锤，但你分明感觉到建筑师需要的图纸、尺子、墨线等，就深埋在他心里。一切都了如指掌，不差毫厘。仿佛石头早已化为他身体的一部分，凭借一双慧眼和巧手，将其变成了令人惊叹的艺术品。

这些地处三江源地区的藏式碉房，从外观来看，外墙呈梯形，很有美感。但对很多在城市的水泥森林里生活久了，又不熟悉藏式建筑的观者来说，一定不明白为何砌成梯形。这是藏式碉房最具特征的收分技术。仔细观察，发现厚实的墙体外层从墙根向上按一定比例逐步收敛，而内墙却始终保持垂直。为了搞明白这个重要的收分技术，我查阅了有关藏式建筑的专业书籍，给出的答案是这样的：“首先可以较大程度减轻主体建筑部分的自重，自重减轻了，那么碉楼地基的荷载就可以减小，同时还可以节约部分建材的消耗。第二是可以降低碉楼的重心，重心降低，自然就在一定程度上提高了建筑物自身的稳定性。第三是使外墙产生一个由下而上的斜向支撑力，而碉楼内部由于有各楼层的横向支撑，这种既对碉楼墙体自身起到一个支撑作用，同时还可以避免墙体向外倾斜的可能。”

藏式碉房收分技术更为神奇的是，下重上轻的结构可以起到抗震的作用。三江源地区属于地震的多发地带，为了让自己家族千辛万苦盖起的房屋屹立不倒，聪慧的藏族先祖在生活中创造出了多种抗震方法。这些看似乱石片随意组合成的石墙，其实它们之间交错的缝隙，以及弥合缝隙的黄泥，就好比建筑师在抗震结构设计上，为了缓冲地震时的拉伸作用留出的伸缩缝，都均匀地消解和分散了相互挤压的力量，使坚硬的石墙有了弹性。同时，梯形的结构上轻下重以及内置的横梁，还有在石砌墙体内部安置墙筋等，均起到了天然减震器的作用。

这些藏式碉房，墙体转角都砌筑得十分漂亮，一律线条笔直，棱角分明。其实，石墙转角砌筑技术是整个碉房砌筑难度最大的环节，必须由技术极其娴熟的工匠来承担此项重任。角墙砌筑的效果直接影响到碉房外观和内部结构质量。所以石料要精挑细选，一般以整齐长形的石料为优。同时角的横切面必须成直角，收分系数必须一致，转角的角度要特别精确，不能有任何误差。

碉房的内部结构在三江源地区基本相似，只是不同地域就地取材

李军　摄

的条件差异而略有区别。像班前村一带依托着玛柯河林场，林木茂密，建房所需木材相对容易。因而楼层隔板选用的圆木要齐整和优质些，房间的隔墙也用木板。我抬头看，排列密实的圆木上又铺了厚厚一层树枝和杂草，最上面再覆盖拍实了的泥土。也许习惯了城市现代建筑的水泥预制板，走在这样土制的楼板上，心里多少不太踏实。

碉房的二层有窗，但老式碉房窗户很小，这和早先战事频繁，部落间常有摩擦有关。尺寸小的窗户防御性更强，同时也能抵御风寒。还有，藏族民间有这样一个说法，窗户小，光线暗，会聚拢财富。一般在阳面和侧面各开小窗，多是外小里大。早先藏地用窗纸替代玻璃，怕风吹坏，窗格都很密实。一些大户人家，顶层还专门设置有瞭望孔和射击孔。门也如此，整栋碉房只有一个出入的大门，小且矮，个头高者进门需弓腰才会避免碰头。

那栋年代久远的碉房大门，门板非常厚实，我用了很大力气也没能推开，最让人迷惑的是，门旁还留出两个碗大的洞。正在琢磨它的用途，房主人便给我演示了一下。原来两个洞一个用来瞭望，另一个将暗藏的类似标枪那样的利器，出其不意地从小洞刺出，直戳侵入者。他还特地给我解释了门上方的那个小孔，说如果入侵者在无法进入大门时采取火攻，那个孔是用来倒水灭火的。

为了保护家族不受侵害，人们的确谋划出诸多有效的办法，最精妙的要算是那个连接起各楼层的独木梯，由一根完整的圆木制成，一半砍平，另一半砍出能放下前脚掌的槽子，被安放在每一层的通道口。灵活轻巧，只要将它抽走，来犯者就无法上楼。我这才发现，它竟然孤立无援，没有扶手。房主人微笑着鼓励我，我这才战战兢兢攀援而上，等脚踏上平地，终于如释重负地松口气，感觉其实也没那么大的难度，突然对独木梯来了兴致，上蹿下跳练了好几回，竟也能上下自如了。还有一种较宽的板梯，多为大户人家所用。观赏藏式碉房，最令我着迷的就是这独木梯了。它保留着树木本色，天然质朴，像一首温情的小诗，时时刻刻绽放在我对那里的思念中。

碉房屋顶皆平，这种被《唐书》中记载的“屋皆平头”，也是藏式碉房的鲜明特色。高原少雨，被炽烈的阳光覆盖的平坦屋顶，成为主人用来晾晒粮食、衣物，休息、瞭望的最佳场所。在西藏的拉萨、日喀则等地，可以看到碉房顶层四角还立有方形墩子，上面摆放着白色石子，插有五色经幡。它们在给外墙增加坚韧度的同时，也被房主人当作祭祀神灵的祭台。这是江源地区和卫藏碉房的不同之处。在这里生活过的人都知道，藏民族崇拜白石，认为白石是神，他们把白石供奉在房屋的最高处，还用白石摆出宗教图案砌进石墙中，看上去别致醒目。

经堂是碉房的核心部分，是家族进行宗教活动的地方。大都建在顶层，以示主人对神灵的敬畏。在这里，即使经济再拮据的家庭，经堂也布置的尤为华丽。经堂正面整个墙壁，安装木制的佛龛，供奉佛像和佛经，下面摆放祭桌，上有净水碗等。两边墙壁上，挂有多幅唐卡。

果洛班玛县班前村　李军　摄

个别的大户人家，在经堂的天花板、门、窗、柱上都装饰富丽的彩绘，旁边还设有小卧室，专为寺院的活佛或僧侣提供休息的地方。

二层是家庭生活起居的主要场所，因而选取的建材也考究些，早期那些碉房的二楼，一般都设有一间面积最大的正房，兼顾客厅、厨房、餐厅、储藏室、待客休息等多种功能。烧茶煮饭的牛粪火，正好为室内带来了温暖。寒风凛冽的冬夜，一家人围着熊熊燃烧的火炉，吃肉饮茶，聊天说笑，那是一天辛劳后最温馨、最惬意的时刻。

富有浓郁宗教色彩的内部装饰，是藏式碉房最独特的标志。在这间空间相对较大的居室里，梁与柱所占据的位置非常显要，因而对它们的装饰尤为看重。民居的房梁一般选择彩绘，通常是祥云图案。房间中柱的顶端常常绘以花瓣，下面束上吉祥物和哈达，表达着主人对代表先祖的柱子无限敬仰。

除此之外，草泥涂抹的墙面，选择吉祥八宝和宗教题材的壁画加以装饰，红、黄、白、黑的颜色，每一种都暗含着不同的宗教意蕴。它们细腻的构图和艳丽的色泽，与建筑外观的质朴粗犷，形成鲜明对比。

与这些弥漫着浓郁宗教气息的装饰相呼应的是，具有民族特色的生活用具，在每一个普通的藏族百姓家里，你都能看到紧贴墙面的壁柜壁橱，里面摆放着擦洗得光洁锃亮的锅碗、茶壶、酸奶桶等日常生活必需品。临窗的一面摆有藏床，这种床低矮且宽，上铺卡垫和藏毯，白天可以坐人。为了采光并及时排出炊烟，在炉灶上方，会开一扇长

虫木梯　唐涓　摄

长江网状水系　曹生渊　摄

方形小窗。常常，当炽烈的阳光涌进小窗，幽暗的屋内会形成一束明亮的光柱，别有意境。

获得采光和通风的另一种办法是，在通往屋顶的楼梯口，设一个宽敞的天井。站在屋顶,远近风景尽收眼底,也加大了碉房的防御功能。一些顶层东西两侧高出晒台，“凹”字的造型有效地抵挡住了两边凛冽的寒风，让精巧的晒台聚满阳光。我注意到，顶层周边的矮墙还特别凿出大小不一的洞槽，用来引流雨水和扫雪。

从远古卡若遗址显示出的碉房雏形，到时光逐步雕刻出它朴拙的造型，石砌碉房始终贴近大地，与自然融为一体，并用丰富的信息为我们展现了千百年来藏民族的生存遗迹。三江源域内丰富的林木和石料为石砌碉房这一独特的建筑形式造就了天然条件，而地貌与气候又成为生活在这里的人们必然的选择。藏民族对石的崇拜，对石的理解，以及对力学原理的心领神会，使得这种就地取材的建筑艺术拥有了丰富的历史文化内涵和科学研究的价值。可以说，碉房的石砌技术，是凝聚了藏民族智慧结晶，浑然天成的艺术杰作，更是世界建筑艺术宝库中的珍品。石材质地坚硬敦实，散射出阳刚力度之美，好似藏民族坚韧豪放的性格。同时，碉房的用材取自大地，最终又回归大地，没有任何污染，这种原生态，节能环保的精神品质，正是我们当下时代所要担当的责任。

此刻，我正站在班前村一栋碉房的晒台上，一位 80 多岁失聪的老奶奶仍然留在这老屋里。她悄然无声，用温和的目光与我对视。我双手合十，对惊扰了老人家的安静表示歉意。从这里放眼望去，远处鳞次栉比的碉房在盛夏浓烈的阳光和青翠的山野里，浓缩成一幅别有情韵的油画。那些碉房外墙密集的石片，任凭时光的嬗变流转，始终心无旁骛地守护着自己的本色。

记得有位建筑学者说过："无法与大地割裂开的，才是建筑。"我相信，他一定也曾站在这晒台上，眺望过那群被山野簇拥的石砌碉房。

黑帐篷：
驮在牦牛背上的家园

牧场夕烟　贺大明　摄

奶茶飘香　贺大明　摄

如果说牦牛是大地系在皮绳扣上的魂，那么黑帐篷便是游牧人灵魂的歌。我常常会听到藏族同胞这样说。

著名女歌手降央卓玛曾唱过一首《黑帐篷》，其中的几句歌词是这样的："风雪夜里有一顶黑帐篷，孤灯闪烁照亮我的生命。风的声音雪的细语……白云生处有一顶黑帐篷，清的山泉滋润我长大，山的心语云的絮语，送我一首歌给我一个梦……"饱含的深情里，还有种淡淡的乡愁。可以说，黑帐篷是草原牧人生命之旅的起点，是游牧民族独特的文化符号，更是我们研究藏民族游牧文化的活化石。

推测三江源区古代先民建造房屋的年代，除了在考古遗址里发现四五千年前就有黑帐篷的雏形外，如果仅仅是栖身，那么建筑意识的萌芽可能还会早出许多年。空寂辽远的三江源大地，能够给原始时期的人类遮风挡雨的地方只有天然形成的洞穴。但在漫长冬季的无数个冰天雪地的日子里，仅仅依靠洞穴是无法完全御寒的。当人类进入新石器时代，手里逐渐制作了简易的石器，利用其锋利的一面，可以完整地剥离下动物的皮毛，然后将兽皮裹住赤裸的身体，能够抵挡住扑面而来的凛冽寒风。随着人类狩猎能力不断提升，比如弓箭的发明，猎捕的动物开始有了剩余。为了保证食用时口味的新鲜，他们开始尝试把这些动物圈养起来。在与动物日复一日地朝夕相处中，这些在荒野曾经自由奔跑的动物，慢慢接受人类掌控，变成他们的私有家畜。

游牧生活的开启，意味着古人不可能再长期固守居住的洞穴，被驯养的动物需要寻找水草丰美之处，但这样的地方往往又找不到适合栖身的洞穴。寒气逼人的夜晚，他们只好将身体蜷缩在牦牛中间取暖，可一旦遭遇雨雪天气，依然无处藏身。天长日久，他们终于发现动物，尤其是牦牛皮被风干后，坚硬得可以直立。于是，当一天放牧结束后，他们会找一个背风的山坳处歇息。用两张发硬的牛皮搭成三角形，再用另一张挡住出口，一个御寒的小空间就形成了，这种新的栖身方式证明了原始牧人空间建筑意识的启蒙。

为了省时省力，牧人很快又将这种栖身空间进行了改进。采取的方法是将晒成板状的牛皮在两边打孔，上面的孔用来将两张斜靠成三角形的牛皮用绳子绑定，下面的孔和地面固定。这种穿越了千年时光的古老牛皮帐篷，后人已经无法再见到它的真实模样了，只能永远留存在历史的记忆中。那个时候，他们驯养的牲畜以牦牛为多，日夜相伴中，他们发现，牦牛腹部长而厚的粗毛保护着它在高海拔的严冬不畏寒冷，而到了夏季，这些粗毛会自动脱落散热。被收集起来的牛毛促成了纺织技术的形成，牧人们学会了把这些粗长的牛毛捻成毛线，再织成褐料，这种具有干松湿紧特性的褐料很快成了牧人御寒的最佳选择。长条形的褐料缝缀在一起，中间用木棍高高挑起，四周再用石块压牢，这便是黑帐篷诞生的雏形。在青藏高原，黑帐篷还有不同类型，不同的地区叫法也不相同，不过那些藏语名称我没能记住。

栖身空间的扩充，大大提升了牧人的生活品质，渐渐地，他们又

治多草原的游牧人家　贺大明　摄

学会用晒干的牛粪让这个空间有了舒适的温度。牛粪燃起的火苗改变了他们的饮食习惯，加热的奶和煮熟的肉迅速进化着他们的肌体和脑细胞。随着人口陆续增加，他们对空间的需求也在加大，帐篷的大小是由褐料的尺幅与立柱的数量来决定。大多都由牧人们自己制作，一般家庭的帐篷制作需要一年左右的时间，人口多的时间更长。每幅褐料宽度 20~30 厘米，而立柱的数量则十分讲究。每顶帐篷需要的材料主要有缝制好的长方形或三角形的褐料，木梁、木柱、木橛，还有向四周拉拽的牛毛绳、加固索等。当搭建帐篷的材料准备齐全后，接下来重要的事情就是选址了。

安扎帐篷的位置，一般都会选取背风向阳，地势平坦，草木茂盛，靠近水源的地方。不管这个位置的角度如何，帐篷的门祖祖辈辈永远朝东，这也是遵循先祖传承下来的宗教习俗，藏族谚语说："人合伦理，帐门朝东。"对于一个终年在草原上四处游走的牧人，必须要学会独立拆建帐篷。先把帐篷平铺在地上，再把几个角用木桩牢牢固定后，用四个角的立杆，拉拽起整个帐体。中间用粗粗的立柱，搭起横梁，撑住帐篷的顶部，最后调整好外部拉绳的松紧，一个可以遮风挡雨的家就完成了。

为了抵挡风雨，他们还在帐篷外围用草皮垒起半米高的矮墙，里面也常常沿着帐篷边缘垒起干透的牛粪。在帐篷顶部中央，开一扇天窗，用来采光和炉灶排烟。天窗盖一块特制的帘子，雨雪天或寒风袭来时将其闭合。晴朗的日子，高原炽烈的阳光透过天窗，在帐篷内射下一道朦胧的光柱,别有情调。黎明时分,烧奶茶的炊烟又从天窗袅袅飘出，勾勒出草原极具诗意的一幅画面。而当夏日静谧的夜晚，躺在帐篷里，可以透过天窗看到璀璨的星空。这般的美好，在我的生命中有过几次遇见，每每回想，内心瞬间一片澄明。

搭建好帐篷，余下就是内部空间的布置了。有限的面积里，按照传统,被划分出若干区域。最中央是泥土砌成的炉灶,寒风凛冽的日子，燃烧着牛粪的炉火，让一家人感到无限温暖。帐篷的正后方一般是敬佛的地方，佛龛前摆放有经卷和净水碗，或者挂有佛像的唐卡。更为讲究的家庭，为祈求福泽，还会在帐篷中央立柱上，挂上哈达、珠宝、青稞等。女主人每次打出新鲜的酥油，都会往这个立柱上抹一点，意思是让神首先享用。一些地区还在黑帐篷的顶部安放一块野牦牛骨头，传说能躲避雷击，不过我还没有见过。以帐篷的中轴线为界，左右两边分别称作“阳帐”和“阴帐”，阳帐是男主人活动的区域，铺有牛皮、羊皮、坐垫等，也是接待客人的地方。阴帐是女主人活动的区域，摆放着烧茶煮饭的厨具、粮食等。帐篷内的日常生活，也处处显现出藏民族的禁忌文化，比如严格规定男人不可把带血的生肉拿到阴帐，女人则不可在阳帐嬉戏打闹，随意坐卧。如果来了客人，一定是客人在上座，主人在下座。还有，在藏民族心目中，灶台有灶神存在，因而灶台要保持洁净，不可以在灶火里烧头发、指甲、骨头、葱蒜等，否

添牛粪　贺大明　摄

牧场清晨　贺大明　摄

则就会伤害灶神。

帐篷外部，牧人们也从不掉以轻心。信教的他们在帐篷四周的拉绳上，挂满了五色经幡，远远望去，风中飘动的彩色经幡让人们对这座草原上可以移动的家充满想象。精心编织出的黑帐篷严密厚实，具有热松冷紧的特性。炎炎夏日，阳光下牛毛会变得松软，习习微风透

过牛毛缝隙，给人们带来丝丝凉爽。到了雨天，受潮的牛毛会立刻紧缩，变得如同钢板一样坚硬，让雨水无法渗入帐内。为了让滂沱的雨水尽快流走，他们还在帐篷四周挖出一道排水沟和出水槽。相比后来牧民普遍使用的白布帐篷，黑帐篷的防腐、防潮、防晒还是让它拥有了经久耐用的优势。一顶黑帐篷使用十多年没有问题，最容易损坏的部位是经受日晒雨雪侵袭的顶部，聪慧的牧民就单独把它换成新的。游牧的藏族人还有个习俗，如果儿子结婚分家就要制作一顶新的黑帐篷，其精致考究，倾注了长辈对子女的深情厚爱。

作为适应三江源地区藏族牧人生产方式的民居建筑，千百年来，藏族人将探索生命世界所获得的全部智慧都镌刻在了与自己密不可分的黑帐篷上，可以说，一顶黑帐篷就是一部牧人家庭漫长的生活史，蕴含着藏民族丰富的人生、自然和宗教的观念。同时，就地取材、经久耐用、冬暖夏凉、搬运便利，陪伴了游牧民族千百年的黑帐篷，经过岁月淘洗，恰好符合了当今我们所大力提倡的生态环保理念。

许多年前，我们走入草原，视野里看到最多的就是黑帐篷，想到草原，眼前就会出现蓝天白云下，成群的牛羊和炊烟袅袅的黑帐篷。可以说，黑帐篷作为草原牧区藏族独有的民居建筑，在高海拔的寒冷世界里，曾经惠泽了牧人的生活。20 世纪 90 年代中期，我第一次走向草原深处采访，在途经一座海拔 4000 余米的山梁时，我们那辆老式的北京吉普偏巧抛锚了，山高风大，即使在 8 月末的秋日，早晚气温也会降到零摄氏度以下。眼看天色渐晚，如果夜宿山顶，那绝对能把人冻个半死，我们只好弃车来到山下一户牧民的黑帐篷里求宿。朴实的牧民一家十分热情，毫不犹豫地把他们的铺位让了出来。那时候，牧民的帐篷里还没有床，几张羊皮铺在地下就是他们的安卧之处。那一夜，我蜷缩在主人家的羊皮袄里，高山反应让我无法入眠。

时代的车轮快速前行，也在推动着草原游牧生活的巨大改变。承包到户的草场，被切割成了碎片，无法再逐水草而居的牧人开始定居在自己的辖区，轮牧的范围大大缩小。耳濡目染的现代文明，逐步瓦解着传统的生活方式，越来越多的牧民搬到了城镇的水泥房屋里，古老的黑帐篷渐渐失去了它曾经的魅力，淡出了我们的视野。近些年来，传统游牧文化的衰落已引起社会的关注，有学者认为：这种游牧方式是对高原环境的适应，而不是破坏和干扰，使千年来高原自然生态环境未受大的人为破坏。对青藏高原高寒牧区来说，游牧方式不仅在过去，而且在目前仍然是最适宜的方式，因为只有这种方式才能保护自然生态环境，同时也能保护藏族优良的民族传统文化。

这不，为了更直观地传承康巴人的传统特色黑帐篷，在玉树巴塘草原，矗立起一顶世界上最大的黑帐篷，这顶面积达 1711.08 平方米、高约 9 米，能同时坐下 500 人，创下了吉尼斯世界纪录。黑帐篷主人把收集来的游牧人旧时光里的生活用具陈列在此，尤其醒目的是那个依然可以燃烧牛粪火的老土灶。远方来的游客，走进这里，可以品尝藏族的传统美食，欣赏藏族歌舞表演，细细感受藏民族遥远的游牧生活场景。也许，这种带有商业性质的运作，也是眼下传承藏民族传统文化的一种新型方式吧。

除此之外，在海北藏族自治州祁连县的美丽草原上，有过一顶世界上最大的牛毛帐篷寺院——阿柔大寺，据说这顶巨型帐篷于 2006 年

玉树巴塘草原上世界最大的黑帐篷内景　兰新天　摄

治多县最大的黑帐篷　贺大明　摄

10 月由 50 人共同缝制而成，室内面积达 300 平方米，高度为 4 米，顶柱为 34 根，脚杆为 78 根，整顶帐篷共用去牦牛毛近 1000 公斤、绳子 2500 米。尽管我还没有走进过祁连山下这座最大的格鲁派寺院，但在一部纪录片里，我看到过阿柔大寺众多僧人，在夏日的草原上搭建这顶巨型帐篷寺院的场景，真是壮观呢。

更有创意的是，几个年轻建筑师的灵感萌发于黑帐篷，从拉萨通往神湖纳木错途中，一个叫当雄的地方，海拔有 4300 米。建筑的外观设计是黑帐篷造型，敞亮的观景台，面对着白雪皑皑的神山念青唐古拉山主峰，四周是辽阔的草原。站在这里，环顾四野，你的心会立刻安静下来，在领略到青藏高原天高地远是那样博大的同时，也能体悟到雄伟雪山的肃穆。尽管整体是现代建筑，但却和谐地与自然融为一体，远远望去，恍若从大地生长出来，我想，这个建筑构想，应该也给了更多的建筑设计师新的启示。

记得建筑师王振复在他的专著《建筑美学笔记》中说：“一个事先不考虑自然生态因素的建筑设计师，必然是缺乏美学追求的失败的设计师，建筑的基本特征，就在于它始终与一定的自然环境不可分离。”

但愿《黑帐篷》这首草原上动人的歌谣，能长久地传唱下去。

悠长岁月流转中，纺织技术在人类积蓄的智慧中不断长进。作为厚重沉稳的黑帐篷生命的延续，草原上又出现了一种更轻盈美观的布帐篷。他们搭建和携带，相比黑帐篷，更加的便捷，很受牧民群众的喜爱。从英雄史诗《格萨尔王》的传唱中："一时间搭起了 18 种颜色不同的帐篷……这些帐篷中间有一顶高大威严的帐篷，显得格外光辉灿烂，引人注目，它就是岭大王觉如的神帐"，我们可以断定布帐篷的使用也有久远的年代。曾经的年代里，制作精美的布帐篷，只有达官贵人和富裕人家才能拥有，夏日的骄阳下，色彩绚丽的布帐篷恍若一只只巨大的蘑菇，点缀着绿毯般的草原。他们唱歌、他们舞蹈、他们纵情饮酒，展示着自己富有的日子。但那只是少数人的享乐，对于很多家境贫寒的百姓，只能望尘莫及。当新的时代来临，草原的变化也随之日新月异。牧民群众的生活节节升高，普通人家也能置办得起漂亮的彩色帐篷了。

三江源地区的布帐篷可谓是种类繁多，一般夏天居住的比较简单，白色的布面上没有什么装饰，但如果每逢婚庆、节日，特别是每年一度的赛马会，那每家每户的帐篷则要考究得多，在他们传统的风俗中，帐篷的好坏，是一个家庭的门面，相互之间还有争强好胜的攀比。七月的赛马会，成为草原最盛大的节日，牧民群众扶老携幼，从四面八方汇聚在一起，五彩缤纷的帐篷在宽大的草原上，密集出一个极其壮观的帐篷城，成为这个地域独具特色的一大景观。

白布帐篷多半用厚实的白帆布或优质白棉布做底，形状依居住的人口和个人喜好，分为八角、四角、多角，有些还特意呈现出不规则的形状。布料裁剪方便，面积大小根据各自需要缝制，大的可容纳几

帐篷城　贺大明　摄

杂多人民祝福您

十人，最小的可以独享。每一片布料的连接处，均用蓝色、黑色压边，而在白色帐壁上，印有色彩绚烂的各种图案熠熠生辉。这些图案大多是宗教文化中的吉祥符号，如福瓶、莲花、海螺、八宝图等，或者是大自然中的日月祥云、花草鸟兽。最惹人眼目的是豪华的大彩帐，帐檐一圈装饰有色泽艳丽的彩绸，或者五颜六色的穗子，随风舞动，煞是迷人。帐顶上再撑起巨大的伞盖，帐门前再延伸出一段引帐，铺上藏毯，气派十足。我猜想要制作这样一顶能承载几十人的豪华彩帐，价格绝对不菲。

千姿百态的白布帐篷，仿佛一朵朵艳丽的鲜花，怒放在绿茵茵的草原上，透射出藏民族的审美情趣和美好心愿。而造型独特，装饰华丽，凝结了三江源藏族人民艺术创造智慧，具有丰富文化内涵和观赏价值的彩色帐篷，也享誉了整个三江源地区。

冬窝子：

在冰天雪地里翘望春天

蜿蜒通天河　贺大明　摄

我对草原牧民冬窝子的感受，来自拍摄那部有关牦牛的纪录片。数年前的一个寒冬腊月，我随摄制组来到天峻草原的一户牧人家。在这之前，我们已在他们的夏季牧场拍摄完毕。这里是他们家的冬季牧场，也就是草原牧民的定居点，草原牧民亲切地称之为“冬窝子”。也就是大家一般叫的草原明房。

在草原牧民漫长的历史中，从来都是逐水草而居，因而牛毛帐篷就是他们永久的家。那时候，三江源一带人烟稀少，水草丰茂，可以完全满足牧民放养的牲畜生存所需。但随着人口逐渐增加，加快了畜牧业的发展，牛羊数量增加很快。这样，原有的草场已不再能养活牧民的牛羊了，他们不得不迁移到更远的地方。但这样的地方往往海拔更高，冬季异常寒冷，单薄的黑帐篷已经无力抵挡风寒，加上草场划

分的私有化，使曾经居无定所的牧民逐渐形成了半定居式放牧。夏日温和的气候，他们会迁移到海拔更高的草场，等到冰天雪地的冬季来临，他们又会在海拔较低，相对温暖的地方度过冬天。他们最初对房屋的建造意识还是沿用了帐篷样式，切割出成块的草皮，还有石块，垒出墙体，由木柱撑起的屋顶，苫盖的是做帐篷的褐料或者牛皮，之后才用泥土代替。为了保暖，窗户和门都做得很小。相比四面透风的牛毛帐篷，冬窝子有墙体，有梁柱，有门窗，有屋顶，面对寒风肆虐的严冬，这种建筑更加稳固和温暖。为了适应自己的生存环境，先民们把可以移动的家建造成固定的家，显示出他们对建筑力学承重结构掌控能力的提升，是草原牧民在长期的生活经验累积中对自己栖息的空间拥有了新的智慧，也是后来土木建筑藏式民居范式的萌芽。

我入住那个牧户家的冬窝子时，现代文明已经彻底改写了先祖曾经的生活方式，新型的铝合金制成的板房，屋里有了床、沙发、太阳能蓄电池、电视信号接收器，以及手机、摩托车、汽车，只有畜养的牛羊日复一日安闲地吃草。和夏季牧场不同的是,与冬窝子相邻的地方，总会出现一个畜圈，用石块或土坯垒出围栏，以保证牲畜在漫长冬日的御寒和安全。在青藏高原，在三江源头，这种人畜关系，尤其是藏民族这里与牦牛密不可分，人畜生命相依的生存法则，在源远流长的岁月长河中，逐渐演绎为藏文化的核心部分。

如今，穿越在广袤的江源大地，那种石头或泥土小屋早已重新归于大地，偶尔在山脊下看到的，只是寺院的僧人闭关修行的地方。草原的变化实在是太快了，快得让那些时间深处的景物只能留存在记忆中。但这些为人们遮风挡雨的家园，就像一位学者说的："草原明房以小小的建筑规模，综合表达着青藏建筑文化中从洞穴到牛毛黑帐篷的建筑史或建筑观念史所涵有的全面智慧因素和理念特质。它的诞生与北地青藏古牧民们改变夜栖卧牛之间的简陋局面，进入传统的青藏畜牧社会而发明创造出牛毛黑帐篷后对藏身风雨自然的栖存方式的另一重大突破，它改变了牛毛织物代替活牛躯体的牛毛黑帐篷的原有进步，而材料性质也全面改革了建筑空间的获得。它是青藏建筑文化中真正的土木建筑的代表范式。"

质朴无华的冬窝子，是藏式建造文化的根。

平顶房：
藏汉建筑文化的巧妙融合

在三江源地区的城镇里，人口相对密集的地方，当地藏族同胞居住的基本是平顶房。由于青藏高原地处高寒地带，为了保暖，会把房屋的墙体做得很厚，敦实的外观，看上去好像一个超大的木匣子。平顶房的地基是用石块砌筑，上面用土坯筑墙。这种土质具有黏性，夯打出来十分结实，墙体完成后根据房间大小布局并立柱架梁。屋顶也是就地取材，略细的椽木、木板、树枝铺底，上面覆盖厚厚的土层，再夯实碾平。

几年前，我去玉树结古镇拍摄纪录片，这是大地震后的废墟上崛起的新城，让我没有想到的是，在鳞次栉比，飘溢着民族风情的楼宇间，还有一座拥有 700 多年岁月的平顶老宅。这就是位于玉树市团结巷 13 号的耿安家宅。一座能在如此漫长时光里完整地保留下来，又经历了大地震考验的房子，这足以令人惊讶了。“结古”在藏语中是“货物集散地”之意，作为历史上唐蕃古道的重镇，结古连接起了青海、四川、西藏的民间贸易。熙熙攘攘的车马和琳琅满目的商货交易中，耿安家宅应运而生，成为当地有名的客栈。之所以在大地震中坚强挺立，主要是它的外墙是厚实的夯土墙。为了保护这栋老宅，地震后玉树州政府投资将它损坏的部分重新进行了加固和修复，如今它是地震后仅存的两栋古民居之一。

耿安家宅是典型的藏式土木结构平顶式建筑，外墙是厚实的夯土墙，里面是用木头梁柱做承重结构。这种建造结构的特点是冬暖夏

耿安家宅　唐涓　摄

耿安家宅　唐涓　摄

耿安家宅厨房　贺大明　摄

耿安家宅楼梯木柱用羊骨头串缠绕做装饰　贺大明　摄

珍康家宅木墙上的古老图案　唐涓　摄

凉，采光效果也非常好。你看它的大门都很特别，绘有彩色吉祥图案的门扇，虽然如今已褪去艳丽的光泽，但宽度达到 1.4 米，又被铁皮精心包了门角，显示了这个家族曾经的发达兴旺。院内是三面二层的内廊式建筑，主次分明，布局有序，可以看出其中融入了汉民族四合院的格局智慧。

700 年前的那个古驿站，传递到现在男主人青然的手里后，被布置成一个极具特色的藏餐吧，里面摆满了陪伴过先辈们的生活用具。老式的木头桌椅，磨糌粑的石磨，盛粮食的牛皮袋，还有老旧的木回廊，窗棂，门扉上的挂件，让每一位来此造访的客人瞬间都回到了那远去的时光里。2011 年，耿安家宅被评为县级文物保护单位。

让我惊讶的还有一处老宅，位于结古镇新寨那个闻名天下的嘉那嘛呢石城背后。这个鲜为人知的珍康家宅，延续了 200 余年岁月。不过没有人引领，从外面你无法发现，也很难找到这个老宅。因为在历史的跌宕起伏中仅留存下半层居室，被完全包裹在了现代建筑材料的外壳里。老宅房间之间完全采用木料作为隔板，门很低矮，门槛却很高，据说这样进门低头抬脚是对家神和主人的尊重。幸运的是，当年室内的木墙上及柱头梁面上，一些极具藏民族特色的花饰图案保留了下来，特别是小卧室里墙面上的“和气四瑞图”和“六长寿图”，见证了藏传佛教的和谐生态观，并在古老的岁月里就已占据了他们的心灵世界。

下 篇

古村落：凝固历史的活化石

贺大明　摄

我开始关注古村落，完全是因为冯骥才先生。那时候，我经常阅读他的小说，后来，改革开放中的中国开始了城市改造，一些老建筑、老街区、名人故居、传统村落，瞬间就被摧毁在了推土机的烟尘中。这位令人尊敬的老作家痛心疾首地站了出来，他先是死死守住天津的老建筑，之后的许多年里，足迹遍及大半个中国，不停歇地用文字，用行动四处奔走呼吁对古村落的保护。在他的不懈努力下，中国的古村落保护终于得到了重视。他说：村落是我们古老的家园，由于历史悠久、民族众多、地域多样、文化多元，我们的村落千姿百态，无比优美；更由于我们的文明最初是在村落里养育成的，我们中华文明的大树最绵长的根在村落里。我们难以数计的物质的、非物质的文化遗产在村落里，少数民族的文化基本上都在村落里。中华民族文化的基因、根性和多样性在村落里。有现代眼光的人都深知，传统村落的价值不只是历史价值，更重要的是它未来的价值。

说实话，在冯骥才先生不遗余力发出拯救古村落的呼声之前，我对三江源地区的古村落几乎一无所知，在整个中国，三江源属经济社会欠发达地区，但它的古村落很多，据说仅玉树就有百余个，而横贯玉树藏族自治州全境的通天河流域的称多县，需要重点保护的传统村落就有 23 个。这些年代久远的夯土建筑或石砌建筑，是中华民族建筑体系中山地建筑的典范，凝聚着人类极地建筑经验和生态建筑智慧，具有非常珍贵的建筑遗产价值。因而在随后的几年里，我的足迹终于抵达了通天河畔的几个古村落。

这些古村落的选址迎合了藏族先民们“择水而居”“天人合一”的选址理念，受到通天河水的滋润，这里相对气候湿润，阳光明丽，丰富的植被也使此地景致优美，空气清新，适合农耕和畜牧。同时，它的地理位置,还兼顾了当时的防御性功能。研究藏式建筑的学者马扎·索南周扎说：生存在南极、北极之外的世界第三极的藏族同胞具有很高的智慧，他们在高寒缺氧、资源极其匮乏的情况下，就地取材，把房子建在山上，以最小的资源支配和最少的自然利用为原则，体现了藏族同胞尊敬自然的谦卑之心。

仲达仓：
通天河畔的古驿站

玉树仲达乡古民居　贺大明　摄

玉树仲达乡唐达村古民宅　贺大明　摄

玉树仲达乡唐达村古民宅　贺大明　摄

如果不是拍摄那部玉树古村落的纪录片，我可能不会走进仲达仓。它是玉树仲达乡极具藏式建筑艺术代表的古民居，面临奔流不息的通天河，坐落在仲达村村舍间的最高处，从占地面积和建筑外观就可断定，这是当时此地的大户人家，地位显赫，所以仲达村的名字由此而来。但老村落如今完全冷寂了下来，2010 年的玉树大地震，使老村的很多房屋严重受损，政府投资盖了新房后，村民都搬到离老村 500 米远的台地下的新居了。

也许是位居高处，仲达仓看上去高大坚固，石砌的外墙，为了保温，外墙又涂抹了厚厚的黄泥。不过现在黄泥外层已经剥蚀，裸露出粗砺的石片墙体。整个建筑分为三层，底层堆放杂物和圈养牲畜，二层人居生活，三层礼佛待客，楼层以独木梯连通，房间用薄木板相隔。顶层是宽敞的晒台，可以晾晒粮食和衣物。天气晴好的时候，站在高高的晒台上，望着远处起伏的山峦和眼下蜿蜒流淌的通天河，或者在银色月光洒落大地的夏夜，躺在晒台上遥望月亮冥想，那样的心境该是怎样的澄明?

让我们再来看仲达仓的室内，富有浓郁宗教色彩的内部装饰，是藏式碉房最鲜明的标志。这间空间相对较大的居室，是老宅最重要的房间，相当于我们的客厅。因而除了梁与柱所占据的显要位置，装饰也十分考究。民居的房梁一般选择彩绘，通常是祥云图案。房间中柱的顶端常常绘上花瓣，下面束有吉祥物和哈达，以表达主人对代表先

促达仓　唐涓　摄

唐涓　摄

祖的柱子无限的敬仰。

虽然墙面用草泥涂抹，却精心地选择了吉祥八宝和宗教题材的壁画加以装饰，那红、黄、白、黑的颜色，每一种都暗含着不同的宗教意蕴。细腻的构图和艳丽的色泽，与建筑外观的质朴粗犷，形成鲜明对比。房间里还保留着老式的灶台和橱柜，以及藏式的长条桌，然而依然无法掩饰人去楼空的孤寂。

听说我们要来拍摄仲达仓，房主人才仁久地早早等候在大门口。他告诉我们这座老宅至少有上百年的岁月，但遗憾的是，祖辈在这里曾经生活过的故事，在他的记忆里没有留下什么痕迹。才仁久地今年70多岁了，由于不会讲汉语，我们只能通过他正在上学的孙女进行简单的交流。原来老人并不是仲达家族的后代，而是上门女婿，仅仅知道祖辈之所以地位显赫，主要是依靠当时的商业贸易。他带我们来到二楼，在房间隔断的木板墙上，我们看到了几张当年的外国商业招贴画。由于被厚厚的墙纸遮盖，才得以越过不同的年代留存了下来。那已经泛黄破损了的纸页透露给我们这样一个情景：紧挨着渡口的仲达村，当时马帮穿梭，商贾云集，成为与邻邦交易货物，运往结古镇途中歇息的客栈。

其中一幅印有绵羊图案的纺织品招贴画，出自成立于1797年的一家印度公司。这意味着早在一百多年前，产自印度的商品就已经抵达了通天河沿岸。据清末民初的文化名士周希武所撰《玉树调查记》中记载："结古为玉树二十五族走集之地……结古诸物昂贵，惟自藏运来之印度货，反贱于内地，可以知英商之势力也。"

现在，仲达仓已经是玉树州重点保护的古民居之一。但愿没有了生活烟火的仲达仓，不要一天天地荒寂下去。

帮布仓：
藏在山中人未知

汽车突然拐进公路旁一个不起眼的小村落，当一群人挤进玉树市帮布村，坐落在山坡上一户人家窄小的院落时，我才知道它叫帮布仓。

这是栋极具特色的二层建筑，跨进低矮的院门后，才发现其结构俨然是汉族的四合院，一层不是主人一家的生活区。不设窗户的各个房屋分别是拴牛、拴马、堆放杂物和劳动工具的地方，房间外的走廊堆满了烧柴和牛粪。通向二楼是一截圆木凿出的独木梯，小心翼翼地爬上去，但见一个宽敞的晒台，连接着他们的佛堂、卧室和厨房。几个房间面积并不大，小小的窗户无法给予室内充足的光亮。屋里依然保留着祖辈们使用过的生活物件，给我留下最深印象的是二楼面向晒台的那个别致的窗棂，精心编织出的小格子透露出这家人在此生活时的美好心境。

如今这栋老房子只有一个中年女人住着，曾经11口人的家庭离散，人们各奔前程。她舍不得，就留下了。生活简单而安静，地里种了点青稞和土豆，还养了两头牛。几年前政府还给这个只剩下几户人家的小村子接通了电和网络，生活方便多了。虽然远离城镇，但因了这百年老宅，很多人慕名前来，她总是热情地给来客讲家里的老物件。我们那天一行人，竟也在这个老宅的晒台上吃了顿饭呢。

这个曾经拥有600年历史的村落，有了人留守，有了烟火，就有了生气。

玉树仲达帮布仓古民宅　贺大明　摄

玉树仲达帮布仓古民宅　贺大明　摄

玉树仲达帮布仓古民宅　贺大明　摄

玉树仲达帮布仓古民宅　贺大明　摄

尕哇兰达百长府邸：
拉布河谷的传奇

玉树仲达尕哇兰达修整前的百长府邸　贺大明　摄

玉树仲达尕哇兰达修整前的百长府邸　贺大明　摄

因为不懂藏语，见到这座碉楼的后人——索南巴党，我才搞明白“尕哇”和“兰达”的意思。他说:“尕哇”是藏族最早的四大种姓之一，“兰达”即拉布沟口之意。而他的先祖“百长”则管辖尕白塔及古渡口拉布河两岸的“三寺八庄”。

果然，位居拉布河北岸的尕哇兰达府邸，气势非凡。这是称多县境内唯一一座保存完整的百长碉楼，据说约有 270 年的历史。因为管辖着尕白塔渡口，拥有得天独厚的优越条件，在当地曾显赫一时。富甲一方的尕哇兰达家族，也常常遭到土匪强盗惦记，因而府邸在当初建造时就考虑到了自身的防御性。首先选址就十分讲究，位居高处，坐北朝南，视野开阔，阳光充沛。西与兰达渡口相望，南与天然河谷为邻，东侧专挖了一道防护深沟，北面地势平坦便于观察瞭望。

整栋建筑为石木结构，整齐的楼角和石砌墙面使其看上去端庄古朴、敦实坚固。厚实的墙体不但有利于高寒地带的防风保暖，也大大提升了它防贼防盗的安全性。从阳光炽烈的户外突然迈进碉楼大门，两眼一片漆黑，半天才适应过来。透过门扉漫进室内的光亮，我看见那扇年代悠远的木制大门依然十分结实。从墙洞里抽出的粗壮的门闩足有两米长,想必毛贼要长驱直入并非易事。与大门正对,是一道中门，防御性能更强，如果关闭，就可以与户外隔绝，保证楼内族人生命和财物安全。为了防御，底层用于牛马圈棚和堆放杂物，四面皆不设窗。底层的一侧，放置有木质的楼梯，经过了沧桑岁月，五代人的日日登

称多县拉布渡口白塔　贺大明　摄

称多县拉布渡口白塔转经人　贺大明　摄

尕哇兰达百长府邸　索南巴觉　摄

踏，木梯已十分破旧。上到二层，光线豁然开朗，大小房间约有十多个，是家庭的主要生活区。以面东的大小经堂为中心，左右两边分别是卧室、厨房、客厅、客房、厕所、楼梯间等。三层的房间为开放式，不知道当年是作为何用。我还注意到了，整栋楼的墙壁，很多地方都设有安放酥油灯的壁孔，用于照明。尽管自己没有经历那个无电的年代，但想起寂静的夜晚，府邸四处的墙壁上摇曳的灯火，飘香的酥油，那也是令人心动神摇呢。

和其他藏式碉房的区别是，光洁的屋顶可以作为家人的活动场地和晾晒物品外，还有着守卫的作用。在屋顶的东西两边，分别有 4 个射击孔，可以想象当时百长家族的处境。传说有位百长曾单枪匹马与盗匪搏斗，腹部受伤肠子流了出来仍然奋勇追击，成为兰达后人心目中的英雄。

索南巴觉告诉我，府邸总建筑面积约 577 平方米，共有大小房间 21 间。其别致的藏式古建筑的风格，很有保护价值。我们站在高高的屋顶上，秋天的兰达村庄和拉布河谷一览无余。这样坚固的碉房，还真是易守难攻呢，再说，如此气势，也只能是贵族才能拥有。索南巴觉还特别提醒我府邸独具的特点，我原始地记录了下来：

1. 外墙及所有承重墙均有片石筑成。外墙底层墙基宽约 115cm，到顶层收缩为 85cm。明显地体现出古藏式建筑的特色。

2. 墙壁的涂抹方式。该碉楼的墙壁凡需泥巴涂抹部分，均用手掌拍成，表面凹凸不平，与现在磨平的方式有很大的差异。

3. 采光极差。整个碉楼在外墙上只开有 1.5 平方米的窗户 3 个，0.12 平方米的通风口两个。致使室内较为昏暗，尤其是底层如没有照明，则如同黑夜。

4. 平面为四合院式，中间有较大的天井内院。该碉楼的天井在楼梯旁直通楼顶，四周房屋围绕，便于主人居住层的采光和通风，弥补了窗户少给生活带来的不便。

5. 顶层隔墙。尕哇兰达碉楼的部分隔墙先用藤条编制，然后再涂抹泥巴，是典型的藏族古代隔墙方式。这样的隔墙不仅具有良好的防火保温功能，而且可以减轻墙体的承重和地基的压力，有利于维护房屋的坚固与持久耐用。

6. 房内装饰及部分附属物藏族风格鲜明。以储藏为例，该碉楼采用墙上挖洞的方式储藏物品；装碗筷等用的器具，是用细牛皮编制而成，非常精致耐用。柱子上的挂钩也很有特色——用细牛皮缠绕牛羊角做成。

7. 石木结构。碉楼主体用片石砌成，这是古代藏族建筑的基本风格。值得一提的是该房屋用来支撑屋顶片石用的椽子非常密集，间距只有 6 厘米左右。这在几百年前交通不便的拉布是一般家庭所办不到的。

8. 推拉式窗户。由于过去没有玻璃，碉楼的窗户用木板做挡板，

尕哇兰达百长府邸　索南巴觉　摄

尕哇兰达百长府邸　索南巴觉　摄

做成推拉式窗户。这在该碉楼的二层、三层保存完整。

从索南巴觉深怀情感的讲述中，我可以感觉到他心中的焦虑。在那个特殊的年代里，这座百长府邸几经磨难，虽然最终返还了房主，受到了精心呵护，但玉树大地震又让它遭到损坏。更致命的是，伴随时代的快速变化，没有后人再愿意回到这栋老宅里，如果没有适合的保护措施，它未来的命运可想而知。

我当然明白索南巴觉的忧虑，但我觉得单凭百长府邸家族的一己之力实在单薄，还应该让整个通天河流域全部行动起来，将古迹、古村落、传统文化、民俗节日融合为一体，形成自然体验系列品牌，才有可能获得最好的保护和传承。

走出尕哇兰达百长府邸，那个千年的古渡口尕白塔近在眼前，映衬在落日金色的光芒里，白色的古塔格外夺目。在藏传佛教信徒的信仰里，拜塔如拜佛，所以绕塔礼佛是他们每天重要的佛事活动。此时，白天转塔的人多已散尽，天地间一片空寂。我用手掌触摸着一个个金色的转经筒，去想象着一千余年的岁月里诸多高僧大德来此加持修缮的故事。据传 8 世纪中叶，莲花生大师来到通天河畔，以贤劫第三佛迦叶如来加持过的小水晶塔为塔心，修建了尕白塔。高达 45 米的白塔，塔尖是金色的宝瓶，塔身是用石片垒砌，底部四周则是以佛教故事为主题的精美石刻版画。整个造型庄严肃穆，浑然天成，其历经百年没有坍塌，显现了民间造艺技术的高超和审美精神。同时，尕白塔及它的古渡口对玉树境内和印度、内地的文化交流、商贸交易、结盟往来都起到了至关重要的作用。

暮色苍然，八月和煦的晚风顺着通天河，轻轻飘动环绕白塔的彩色绸裙，我默默转塔，心中装满了对通天河畔古老村落真诚的祈福。

藏娘社：

被佛光照亮的村庄

通天河　李军　摄

我决定去藏娘社，完全是受到了那里藏式民居的吸引。在摄影家的图片里，它们错落有致地聚集在一起，安详、古朴，仿佛停滞在时间的深处。我选择了深秋前往，那个时节，秋高气爽，天和地顺，通天河的峡谷里，四处飘散着青稞成熟的清香。藏娘社位于玉树市仲达乡歇格村,距离结古镇120余公里。一路上通天河迷人的景致扑入视野，令人神醉。

经朋友介绍，我住在一个叫尼玛的藏娘唐卡艺人家里。藏娘社和藏娘唐卡都因为村子中心的藏娘佛塔而得名。藏娘佛塔是世界著名的三座藏传佛教佛塔之一，由印度佛学大师弥底于1030年在通天河流域弘扬佛法时所建，距今已有900余年的历史。按照藏传佛教佛塔的形制标准，佛塔通常是由塔基、塔身和塔刹三部分组成，但藏娘佛塔的独特之处在于还多出一个地宫，这种设计则十分罕见。从外观上看，坐西朝东的藏娘佛塔是将印度古塔和藏族传统建筑特色融为一体，雄伟壮观，风格独具。因而每年都会有很多佛教徒慕名来这里转塔。中秋前后，大多数人都在为生计忙碌，是转塔的淡季。直至藏历新年前夕，流淌的通天河冰冻三尺，忙碌的人们才松闲下来，藏娘佛塔也迎来了一年中盛大的节日。尼玛说，最多的时候能有上万人。蜂拥而至的信徒在佛塔周围汇集成一个滚滚向前的河流，场面十分壮观。人们远道而来，更是被它代代相传的神奇加持力所吸引。传说佛塔中藏有弥底大师从印度带来的释迦牟尼舍利子，还有转塔具有治愈胃病的功能，但至少要转 1000 圈以上方才见效。我粗略算了一下，藏娘佛塔每圈大约 208 米，那么转上 1000 圈，则需一周的时间。对匆匆过客，这并不容易做到。藏娘社另一个让人称颂道绝的是藏娘唐卡，据当地人说，藏娘唐卡的绘画技艺流传到此和藏娘佛塔接近，差不多有近千年的时光。也因藏娘佛塔远扬的声名，习惯称之藏娘唐卡。2014 年，藏娘唐卡入选了青海省“非遗”名录。相比蜚声四海的热贡唐卡，有专家是这样总结藏娘唐卡的：“藏娘佛画艺术的风格特点表现为造像度量严格，色彩明快，底色厚重，形象雄壮饱满；采用渲染技法，层次丰富细腻，善用灰色表现皮肤；人物和毛发有虚实变化，形象边线的节奏十分丰富，象征作为艺术表现手法之一被广泛应用。”令人欣慰的是，由于地域偏远，曾经“养在深闺人未识”的藏娘唐卡，越来越受到重视，玉树市还被命名为“中国藏娘唐卡文化之乡”。

藏娘社的人气很旺。村子建在河谷，地势并不平坦。这使得鳞次栉比的碉房看上去更有了立体和画面感。尼玛的家在村子中心，先前住的石木结构的藏式碉房，同样沿袭了传统石砌碉房的三层格局，一楼堆放杂物，二楼是卧室和厨房，三楼设有洁净的佛堂。最有韵味的是楼层间又陡又窄的木楼梯，楼梯两端，固定住一根结实的牛皮绳当作扶手，已被摩挲得油光发亮。我拽紧牛皮绳，但楼梯陡斜的角度仍然让我下楼的双腿发软，却看见尼玛一家下楼如履平地。老房子里更让人惊讶的是客厅的顶梁柱。彩色相间的纹路盘旋而上，煞是好看。

玉树藏娘佛塔　贺大明　摄

尼玛笑着让我猜是什么材料做的，我仔细辨认，发现竟是我童年用来玩游戏的羊骨节，被染了色，一个个拼接起来。尼玛说，这是他妻子布毛才让的手艺。

听说藏娘社也有几处老宅，我就让尼玛带着去看。在村子相对开阔的地方，一栋老宅独自兀立，看样子多年都没有住人了。木制的大门上，一把锈迹斑斑的大铁锁沉默不语，先前考究的门楣上早已堆积着陈年泥土，长满蒿草，倒是被鸟儿相中，成为理想的爱巢。尼玛叫来了房主人，小心翼翼地打开了这扇后人已经完全陌生的门，日月轮回，代代相传，如今房主人也说不上这祖屋的准确年份，也不了解祖上的故事。但高大的院墙，坐落的格局，都明示了房主人曾拥有的显赫地位。我看到院子里只堆放着一些废弃的日常用品，空寂的老屋人迹荒疏，我们来回走动，日积月累的尘土四处飞扬。可以看出，时代的变换会消弥许多历史痕迹，但幸运的是，老屋的格局我们今天仍能尽收眼底。还是佛堂，在整个院落属其地位尊贵，如同我们现在看到的这样，凋败的残垣断壁间，唯有它完好如初。依然光鲜的色彩从幽暗的光线中跳出，借助手机电筒的光亮，那木梁上精美的彩绘和墙上的壁画，带着远去时代的印记浮现在我们眼前。欣喜的是，村民现在有了保护文化遗存的自觉意识，让它们留了下来。

另一处老宅，外观也别有韵致。不过房主人已经远离村子，紧闭的大门只能让我隔门观望。老宅为二层石木结构，带一宽敞的院落，

玉树藏娘白塔　贺大明　摄

二层的廊道袒露在外，虽然只有单面，但和青海回族民居的结构已然近似。这些老宅大多已人去楼空，但只要矗立在那，总能勾连起后人无尽的怀想。

布由村：
一个传颂了数百年的故事

布由村古藏寨　贺大明　摄

玉树称多县布由村　贺大明　摄

我很幸运，跟随一个研究古村落的专家团队走进布由村，这里聚集的几十座藏式碉房立刻让我惊讶不已。据说布由村在玉树二十五族时期属固察百户辖地，村落的选址十分祥瑞，背依巴拉神山，面抱通天河水，植被繁茂，农牧并举。登高望远可见尕朵觉悟山，近前可闻帮夏寺僧人的诵经声。初秋的艳阳下，一栋栋袒露着石片和泥土本色的碉房仿佛从大地里生长出来，令人怦然心动。

藏在深山人未知的布由村近些年渐渐被外界所知晓，除了称多县实施的保护措施，还因为布由嘉国引人眼目。在藏语里，“嘉国”是大户人家的意思。这个位于称多县尕朵乡的藏式古建筑，在整个村落中以其形体高大而十分醒目。高达 10 米，总面积达 3 千多平方米，共有 4 层 48 个房间。呈回字正方形的外观，仿佛戳在大地上的一枚黄泥印章。至于这栋古宅何时建造，似乎没有人能说得清。曾有专家认定是典型的元代石木框架结构藏式碉楼，但据房主人介绍，这栋老宅迄今已相传了十三代人，那该是多么漫长的岁月啊，不知历经过多少个时代风霜雨雪的考验。

岁月流逝，如今走出古村落的年轻人越来越多，而许多老宅也因年久失修，渐渐凋敝。2010 年的玉树地震，又让村落雪上加霜，受到了不同程度的损坏。为了安全，村民们逐渐搬出了布由村。我们来到时，发现整个村落只有布由嘉国的主人一家在此居住。男主人叫土洛，一个 30 多岁的年轻人。他告诉我留下来的原因主要是考虑在古宅生活了一辈子的奶奶，她想把自己生命的最后时光留在老宅。奶奶常说：布由嘉国是祖祖辈辈传下来的家园，是家族繁衍和兴盛的地方，决不能丢弃它。如今，守护了这座古老的石砌碉楼一辈子的青梅巴措老人，已经驾鹤西去，但土洛一家还是留了下来。

2013年，布由嘉国古楼被列为青海省级重点文物保护单位，称多县也投资对古楼进行了保护性修缮。为了安全和保护，政府又在布由嘉国碉楼前盖了一座简易的平房，可能考虑到日后访客会日渐增多，客厅很大。平日只有土洛的母亲和妻子在家，三个孩子都在上学。我们坐在新建的客厅里，屋子中央的铁皮烤箱，牛粪火烧得正旺。我们喝着土洛妻子端来的冒着香气的奶茶，听土洛母亲给我们讲述布由嘉国的传说，当然，我听的是当地朋友用汉语翻译的：

在很久很久以前，嘎域布由一带人烟稀少。有对孤苦无依的母子，一路颠沛流离，来到了布由。长途劳顿已让母子俩疲惫不堪，就在通天河畔坐下来歇息。突然河水里跳出一条巨大的金鱼，向他们讨要食物，此时的母子俩早已饥肠辘辘，褡裢里只剩下最后一点活命的口粮。但当看到金鱼饥饿无助的样子，善良的母子无法拒绝，就将自己仅剩的食物全部喂了大金鱼。饥困交迫的母子二人再也无力继续赶路，就在布由搭了个草棚留了下来。

意想不到的奇迹出现了，从此以后，母子二人诸事顺利，心想事成，生活开始越过越红火。儿子在此成家立业，娶妻生子，还拥有了自己

布由嘉国守护者土洛一家　邵风雷　摄

TOREAD
TOREAD

布由嘉国的后人　邵风雷　摄

石由村古藏寨　贺大明　摄

的马帮和牦牛驮队，一边耕种放牧，一边与唐蕃古道上的商队贸易往来，生意越做越好，财富越积越多，房子越建越大，人丁越来越旺，最终形成了今天的布由嘉国。

虽然这个故事只是个传说，但布由嘉国的后人们，都如同他们传说中的先祖一样善良热情、乐善好施。南来北往的异乡人，只要敲开碉楼的大门，冷了会得到一杯热腾腾的奶茶，饿了会得到一碗香喷喷的糌粑。好德行换来了好名声，成就了这个家族薪火相传的兴旺，也赢得了整个村落千百年来的繁荣昌盛。

步入这栋碉楼，立刻被其井然有序的布局，石与木衔接的高超技艺，多功能的巧妙融合所叹服。不知为何，我当时就联想到现代都市的购物中心，尽管时隔千年，但实用功能却有惊人的一致。青藏高原藏地的碉楼结构基本相似，底层为牲畜圈棚，二层是主人家人的卧室，三层是生活区，主要是接待客人的客厅、餐厅、厨房等，四层是佛堂。在藏族人心中，佛永远是至高无上的。平坦的顶层则集晾晒、活动、纳凉、瞭望、防御于一身。那排列在楼顶的射击孔，随时可以把枪口对准入侵者。每个楼层和房间里，曾经与他们的日常亲密无间的生活用品依然归于原处。用牛皮缝制的粮食袋子，牛毛编织的坐垫，打酥油的木桶，尤其是那个装饰着虎皮的藏式木箱，巨大的铁锅，仿佛把我们带回了布由嘉国那个家族兴旺、人声鼎沸的场景中。每一件精心制作的物品，都取自于自然，记录着他们对美好生活的向往，也记录着一个家族曾

一口大锅见证了一个家族曾经的兴旺　邵风雷　摄

经的辉煌与秘密。

经过几年精心维护的布由嘉国，已重新焕发生机，作为藏族古代建筑文化的象征，它让我们看到了先民精湛的石砌碉楼技艺以及它所具有的传统民间文化遗产。

卓木齐村：
神山护佑的风水宝地

布由村古藏寨　贺大明　摄

称多县卓木齐祭祀神鸟　贺大明　摄

在藏语里，卓木齐是“人多而大的村庄”的意思。但卓木齐给我的感觉不是大，而是高。这个远古为羌地，依偎在尕朵觉悟山脚下，通天河畔的藏族古村落，几乎都建造在半山坡上。远远望去，鳞次栉比的布局极有美感。同时，从中我们也能触摸到藏族先民与大自然和谐相处的生存智慧。这里四面环山，气候温润，宜耕宜牧。将房屋建在高处，可以有效防御外敌，也可以防洪防潮。

对三江源之外的多数人而言，卓木齐是一个完全生疏的地名。在早已流逝的那些年代里，山高路远和难以行车的现实状况阻挡了人们抵达的脚步。也许正是有了这些自然屏障，卓木齐才得以延续下来原生态的文化元素。现如今，道路交通的通畅发达，卓木齐村的“三绝”已吸引了众多摄影家和内地访客的眼球。我走进卓木齐，是得到称多县文联主席仁青尼玛的引领，他去找来管理格秀经堂的僧人，给我们打开了经堂大门，我这才知道，这是其中的一绝。

那个僧人告诉我们，“格秀”在藏语里的意思是军营遗址。相传这里曾是元代蒙古人在称多地区活动的中心地带，而格秀经堂原本是苯教的祭祀场所。走进经堂，让人惊叹的是，整个经堂的墙壁都是色彩夺目的彩绘壁画，内容包罗万象，有山水风光、佛教神像，以及远古的象形文字，成为格秀经堂最珍贵的文物。还有每一个粗壮的顶梁柱头，也被精心地画上了融合藏、蒙古族风格的彩图，据说它们都出

称多县卓木齐祭祀神鸟　贺大明　摄

自元代。除此之外，僧人还给我们介绍了格秀经堂的六宝：创建格秀经堂的蕃襄雍珠嘉措滚来的法鼓；能够预测吉凶、兴衰的宝石；供奉在佛殿圣水中的一对黑白青蛙；会说话的壁画“多杰森巴”佛像（传说在这幅壁画前曾堆满了杂物，佛像于是显灵说，请别挡着我。）形状犹如缝制袈裟时留下的针脚一样整齐的经堂顶棚；生长在经堂顶上生机盎然的吉祥红灌木。更神奇的是，经堂里供奉的神鸟。相传这只神鸟是尕朵觉悟山的管家，它的颈项上挂着一串钥匙，据说是开启尕朵觉悟山财富、智慧、健康、福寿宝库的钥匙。人们祭祀神鸟，它就会打开宝库。这些传说，表达了千百年来生活在此的人们追求美好生活的愿望，也给格秀经堂蒙上了一层神秘的面纱。

卓木齐的第二绝是闻名遐迩的糌粑节，在每年农历的 3 月 22 日举行。遗憾的是，我从没有在现场经历过，只是在摄影家的镜头里看到满脸笑容上全是糌粑粉的藏族同胞。这个时节，正值卓木齐村准备春耕的前夕，我想，糌粑节也一定是祈福风调雨顺，青稞丰收的民俗活动。听见识过糌粑节的朋友们说：糌粑节的开启仪式首先是祭祀神鸟，祈求它将财富分发给人间。伴随着喇嘛们此起彼伏的诵经声，人们开始送祭祀贡品给山神。缓缓升起的桑烟和悠长的法号声在村庄的上空弥漫回荡，让人恍若进入到神的世界。当祭祀的“神鸟”由几名年轻男子抬到山上放置在神坛后，刚才还静寂无声的村民突然像开了

次乐糌粑节　官群　摄

欢乐糌粑节　官群　摄

锅的水沸腾起来。人们把事先藏在身上的糌粑粉纷纷向身边的人抛洒，送上自己的吉祥祝福。

这是属于卓木齐的盛大节日，是卓木齐的狂欢节。此时，在这片大地上，春和景明，万物复苏。人们相互追逐嬉闹，无分老幼，彻底敞开，彻底放松，每个人都仿佛回到了人之初的童年，复原到人类朴素无邪的本真。这样的场景是多么的美好，我不去现场已被深深地打动。

卓木齐的第三绝当然是古村落了，在整个通天河流域，卓木齐村是少有的可以农耕的地方，但它就地取材的石砌碉房与其他村庄并无二致。受时代进程影响，如今村落虽然冷清了许多，但还是有一些人留了下来。尤其是延续下来的民俗宗教文化，吸引了外界慕名前来的目光，让卓木齐村依然烟火甚浓，生机盎然。

尕朵觉悟山在当地牧民群众的心目中至高无上，我有幸此行在远处仰望了它气势磅礴的雄姿。正是初秋，玉树的草原上依然鲜花摇曳，阳光明丽，但尕朵觉悟山始终银装素裹，闪烁着圣洁的光芒。这座主峰海拔高达 5395 米，由 28 座山峰环绕组成，并和冈仁波切、梅里雪山、阿尼玛卿山并称为藏传佛教四大名山的尕朵觉悟，是吐蕃历代赞普朝拜供奉的主要神山之一。每年从各地到此转山朝拜的信教群众络绎不绝，近几年，来此观光的游客更是日益增多，为此称多县开始举

欢乐糌粑节　官群　摄

尕朵觉悟山　索南巴党　摄

办“嘎觉悟文化旅游节”，让更多的人了解尕朵觉悟，进而热爱自然，敬畏自然。听陪同的当地朋友说，尕朵觉悟十分神奇，如果你有佛心，会在晨曦中看见尕朵觉悟峰顶飘出缕缕煨桑的青烟，还会在落日的晚霞里听见尕朵觉悟吹奏法号的长音。

安居在尕朵觉悟山脚下的这些村落真是幸运。

吾云达村：
大鹏鸟落脚的地方

称多县吾云达古村　贺大明　摄

吾云达村与卓木齐相邻，因而两村的选址和建筑可以说是异曲同工。这些沿着通天河畔坐落的村庄，为了使地处高寒地带的家园获得更多的温暖，几乎都分布在向阳面的缓坡上。院落之间保持着一定的间距，以便让充足的阳光照射进来。江源山多坡陡，理想的耕地十分珍贵，因而村民的院落都不会占用太多土地，住房尽量向高处发展。村民们利用山坡高低的落差，将村落布局得富有层次和立体，形成了一幅唤醒人们思乡情怀的美好画面。

集中了藏民族先祖智慧的石砌碉房，采用的主要建筑材料是当地取之不尽的石块和泥土。由于这里木材稀少，难得的木料主要用于梁柱，为了节省用料，它们和外墙共同承担起楼板的重量。这样简易并实用的方法，反而起到了较好的抗震效果。为了让古朴的碉房看上去更加赏心悦目，他们还特意用少量的木料分别给门和窗做了出檐，突出了碉房的特色。每户的院墙大多用不成规则的石块垒成，而墙面上则贴满了牛粪，远远望去，感觉就是一面牛粪墙。村落所在地林木少，先前村民还会去山里砍一些烧柴，但如今环保意识让他们不再进山砍柴，牛粪是他们取暖做饭的主要燃料，把牛粪贴在墙上，为的是便于晒干。在藏族村落，你会发现他们走在路上，发现地上的牛粪，会用手捧起来贴在墙上，这是村落里随处可见的燃料储备方式，也成为藏族村落的一大特色。

吾云达村也有民俗节日。卓木齐村的糌粑节早已远近闻名，吾云

称多县吾云达古村佛塔　贺大明　摄

达村的泼水节却藏在深闺。相似的是，吾云达村也有祭祀神鸟的宗教仪式。在吾云达村，我听到了这样一个传说，在遥远的古代，从印度飞来三只大鹏鸟，当飞到通天河畔时，落脚到当地一户贫困人家的屋顶歇息后却再也不愿离开，这家主人怎么驱赶都赶不走它们，只好拿出自己省下来的青稞来喂养。转眼间一年过去了，意想不到的是，他们家的日子渐渐好了起来。主人便认为这一切都归功于三只大鹏神鸟的护佑。于是，更是加倍悉心照料三只大鹏鸟。时光飞逝，孩子们很快长大了，各自成家立业，但好运始终伴陪着这个家庭。直到这家的主人去了天堂，三只大鹏鸟也随他而去……为了纪念三只大鹏鸟，每当春播时节，这家人便要虔诚地祭祀三只大鹏神鸟，感恩它们带来的好运与福报。后来，这种祭祀活动就慢慢流传了下来。

藏历四月初八，吾云达村众人济济，生活和工作在外的人们纷纷回到自己的家乡。村人把自己的房屋粉饰一新，在祭祀神鸟的仪式结束后，又集中到泉水边举行取水感恩的祭祀仪式。美丽的藏族女子身着艳丽的节日盛装，在清澈的泉水边一字排开，用木勺轻轻舀出泉水，敬天、敬地、敬父母。然后人们在欢声笑语中开始相互泼洒净水，以表达彼此的吉祥祝福。有时会把对方淋得像落汤鸡般方才罢休。随后载歌载舞，共同祈愿粮食丰收。这样的快乐是如此清纯，尽管我没有置身其中，但想象吾云达村的快乐，也是一种快乐。

拉司通：
播撒绿色种子的使者

玉树称多县拉布乡郭吾古堡　贺大明　摄

拉司通我先后去过两次，步履匆匆，也仅仅局限于目光的惊讶，不曾想到在江源大地的深处，还有能让人安放心灵的宝地，难怪被评为全国“人文魅力小城”。

拉司通同样也在玉树大地震中遭受到重创，现在是在原址上重建的新村。不过拉司通人很智慧，也有眼光，他们没有紧跟时代的脚步，选用现代建筑材料让村落焕然一新，而是秉承了修旧如旧的理念，重新对村落的布局精心规划，让它从先祖传承下来的容貌再次复活。

他们沿用了藏民族碉房的绝活——石砌技术，使整个村落弥漫出康巴民居的独特气息。天然石片垒砌的墙面，古朴、坚固，与碎石铺就的街面相互映衬，折射出原生态的美。而每一栋房屋的结构都不重样，各自表现出房主人的审美情趣，而内部的装饰更是让你眼花缭乱。过去老宅里的墙面处理较为简单，取山上的黄土加少量的青稞麦秸，拌匀后也不用工具，直接用手掌抹墙。一般要做两层，底层的泥面干透后，再抹一遍表层。讲究一点的家庭会用小木板把墙面刮平后，再用鹅卵石将其反复摩擦直至光滑，但有的家庭会用手掌抹平，我想也许是有意追求一种凹凸不平的原始美。

现在的拉司通村早已有所不同，随着外界对拉司通村的关注度的增高，慕名前来的看客也多了起来。村落里的一些人家顺势把家里装饰一新，改成了客栈和家庭宾馆。这样的客栈我先后入住过两次，古朴的石砌外墙的大门和窗户，都保持了康巴民居的传统样式，但在其

崔春起　摄

内部，也加入了一些现代材料用于装饰。比如地板砖、铝合金、洗漱间的搪瓷用具等，但房间的木制构件上，依然勾画着色彩艳丽的吉祥图案，洋溢出浓厚的藏民族特色。

在整个通天河畔，拉司通村的美除了整齐划一的布局，宽展的广场，几条主要街道有商店，有藏餐厅，更特别的是，村庄被一排白杨树所环绕。其中被村民小心呵护的一棵白杨树，据说是拉布寺十三世活佛江雍·洛桑尖措亲手栽种的，已有百岁树龄。那是1902年，拉布寺第十三世活佛江雍·洛桑尖措前往北京求法学经，京城的一切都让这个来自草原深处的活佛感到惊讶和新鲜。宽阔的街道，照明的电灯，不用马拉的小汽车，尤其是那些枝繁叶茂的高大树木，最让他心动。学习结束后，从京城返回玉树的路途中，他在湟源购买了2000余株杨树苗，雇用了50头牦牛驮运。从湟源县到拉布寺，千里迢迢的路途，他们艰难跋涉了3个多月，为了防止树苗在长途运输中枯死，他们晚上宿营时把树苗泡在水里，白天用毛毡紧紧裹住。抵达目的地后，又为了防止严寒和牲畜伤害树苗，拉布寺的僧人和村民给每棵小树都做了围栏，终于，一部分树苗在海拔3700米的通天河畔绽放了绿芽。自此，每年拉布寺的僧人种植白杨树，就成为约定俗成的传统，渐渐地，被葱茏绿色怀抱的拉司通，成为名副其实的鲜花盛开的村庄。为了纪念这位绿色使者，村里还专门修建了江雍·洛桑尖措纪念馆，里面陈列着当年他们驮运树苗时使用过的驮具和生活物品。拉布寺如今是玉

拉司通村白杨　贺大明　摄

作者在果洛班玛古村落

唐涓　摄

树地区规模较大的格鲁派寺院，早先它只是一座萨迦派小寺，明永乐年间由宗喀巴弟子改建后逐渐改宗为格鲁派。香火最旺的时候，僧侣曾经多达 500 余人。那天傍晚，我看见僧侣们在寺院前的小广场上辩经，尽管听不懂，也能被那场面的热烈气氛所感染。

每天黄昏，伴着夕阳金色的余晖，村民们便会在广场上跳起欢快的舞蹈。拉司通的“巴吾巴姆”名气最大，已被列入青海省非物质文化遗产，近几年数次到内地城市进行演出。其实历史上巴吾巴姆被称为密舞，也就是不能外传的密宗舞，表演者必须选择 15 岁以下的童男童女，而且只能在活佛坐床庆典仪式和迎请重要贵宾时才能演出。据专家介绍，巴吾巴姆词曲内容以赞美神灵、藏地、江河、大山为主，祈福世人健康长寿、平安吉祥、丰衣足食等。巴吾巴姆所表达的内容不仅仅是舞蹈艺术的魅力，更是集中展现了藏民族古老民族文化的精髓。

真盼望有机会能亲眼看见这个传递出古老文化密码的舞蹈艺术。

直门达村：
镌刻在牛皮筏上的岁月

通天河　李军　摄

在通天河流域，有多个村落的名字带一个“达”字，为此我特意请教过藏族朋友，他们告诉我，在藏语里，“达”是渡口的意思。果然，地处玉树州称多县歇武镇的直门达村，在历史上就是著名的通天河古渡口。由于这里自古以来是唐蕃古道的必经之路和玉树连接川、甘、藏等地的交通要道，抵达结古镇的各路生活物资和人马，都必须通过这个渡口。那时候，渡河的交通工具主要是牛皮筏，这是青藏高原上最古老的渡河工具。这种牛皮筏制作成本低，结构简单，柔韧性好，干透时十分轻便，可以将它驮在背上行走。但海拔近 4000 米的通天河，一年中可以正常通航的好日子并不是很多，遇到天气恶劣的时候，河水浊浪翻滚，渡河十分危险，亟待渡河的物资常常在岸边堆积如山，有时要等到寒冬腊月通天河结冰了才能过去。而直本仓家族，是当时通天河上游地区最大的“船王”，掌管通天河直门达渡口长达几百年。这个摆渡的生意在这个家族传递了五代人，如今最后的摆渡人也已 80 多岁了。我虽然没有见过直本·尼玛才仁老人，但因为采访他的人络绎不绝，所以他的故事也就耳熟能详了。

从不同媒介宣传的故事可以看出，直本仓家族三代人都很慈善，在村里极有威望，管理渡口井然有序。摆渡僧人、朝觐者、乞丐等一律免费，只收商贾的费用，人们从没有为渡河去争先恐后，或相互吵闹。尽管当时直本仓家族拥有诸多牛皮筏，但滔滔河水受到天气和季节的限制，还是成了通往目的地的天然屏障，在人们心里，是多么盼望能

通天河古老的牛皮筏　索南巴觉　摄

有一架大桥呀。

传说文成公主进藏时也在此渡通天河，当地藏族同胞鼎力制造了一只巨大的牛皮筏，护送公主安全渡过滔滔河水。为此藏族同胞还用歌谣表达着他们对公主的敬爱："请你不要害怕江河，不要害怕湖泊，一百艘牛皮船在等着你。"

1963 年，藏族同胞日夜梦想的愿望终于变成了现实：玉树的第一座大桥出现在通天河上。"一桥飞架南北，天堑变通途"。当看到汽车缓缓驶过敦实的桥面，现场的每个人都激动得泪水涟涟，人们终于结束了夏日乘牛皮筏，冬天踏冰过河的历史。但与此同时，大桥的贯通也意味着直本仓家族几百年的渡口营生一去不返，意味着直门达的村民要另谋生路。而牛皮筏这个岁月的遗存，也将永远地停泊在博物馆里，镌刻在人们的记忆中。

在此之后，伴随时代的飞速前行，通天河分别在 2005 和 2017 年又建成两座更现代化的大桥，大大加快了货运速度，缩短了青藏高原与内地的距离。我在仲达乡藏娘社采访时，曾在村旁通天河的吊桥上来回走过数次，站在桥中央，望着桥下翻滚的河水，还真有点腿肚子发软。

直本仓故居如今依然保留着原貌，虽然已不再住人，但那些曾经陪伴这个家族生活的旧物都留在了老宅，讲述着他们的故事，仿佛主人刚刚离去。最吸引眼目的是那只记载了他们摆渡历史的牛皮筏，还

通天河大桥　杨敬华　摄

通天河古老的牛皮筏　索南巴觉　摄

有那渡河的老照片，实景实物，让后人对通天河曾经的岁月不再是一种想象。

在最寒冷的严冬，冰冻三尺的通天河也会迎来另一种景象——沙嘛呢。由于没有亲临现场，起初我并不大理解，直到我看到视频，那从空中俯瞰的画面令人震撼。沙嘛呢也叫冰嘛呢，是通天河畔的藏族群众祈福的民俗活动。每年隆冬腊月，他们结束了一年的农耕及放牧，在光滑的冰面上用筛过的细沙书写巨大的经文，先请专业画师在冰面上勾画出不同图案的线条，再由群众填充细沙。最常见的是“六字真言”，吉祥八宝图案，还有莲花大师心咒等。无论男女老幼，大家争先恐后，去河岸背来一点细沙，为架设“经桥”奉上自己的心愿。这些写在冰面上的经文，在阳光的照射下，很快就会和冰面融为一体，成为通天河上的一大奇观。如今参与这项民俗活动的除了僧人信众和当地百姓，慕名远道而来的摄影家和游客也越来越多，他们相信在长江的源头书写冰嘛呢，待河水消融后会把自己心中的祝福带向无尽的远方。

后　记

记不清是什么时候，“源”文化的概念进入了我的生活。我与“源”文化似乎是一体的，但生活在“源”文化的浓厚氛围之中，却很少关注和思考过“源”文化的价值和意义。

搜寻记忆之源，曾经有一部电视纪录片，是原玉树州政协副主席、玉树州文联首任主席、著名作家昂嘎先生拍摄的《各拉丹冬的儿女》。这是一部令人震撼的佳作，首次将人与“源”相连接，让人们的目光开始转向了自然的存在状态。尽管他已经仙逝，不能看到这套“源文化”丛书。但是，他的思想和精神却在这里延续。他是“源”文化的启蒙者。2008 年我的《寻根长江源》，他给予了较高评价，并鼓励我“走出长江源，走向三江源，走向青藏高原”。从那时起，我潜意识里早已认定自己是各拉丹冬的儿女，便在不经意间盼望着能够亲近这座耸立于长江源的雪山。在此后的岁月里，我似乎一直在走向各拉丹冬。直到各拉丹冬的冰川还未完全融化的 2002 年，我终于站在海拔 5000 多米的冈加却巴冰川前。当我看着万里长江的第一滴水珠滴落在大地的刹那间，我仿佛洞察到了人类心灵深处那根深蒂固的“源”

文化情结。汉文化对于探源有着2000多年的漫长历史。而游牧人因着“逐水草而居”的千年游牧文化，探“源”几乎是与千年的游牧生活相伴的，对于“源”充满了母亲般的感恩。所谓“逐水草”，“逐”的可是人畜生存的基本条件。在青藏文化的千年历史中，虽然未曾发现有关大规模探源的历史记载，但是从游牧人生存的角度而言，一个游牧人或者说一个游牧部落，一定有寻找水源的经历。当我们沿着通天河、黄河和澜沧江寻根溯源时，那注入江河的每一条溪流，都滋养着沿岸的无数生灵。我们可以推想，每条小溪的源头，很有可能都住着一户游牧人家。他们驻扎于此，在不了解游牧生活的人看来，只是人生旅途中一次偶然的停泊。其实，对于游牧人来讲，那是一次探源之旅的选择。在青藏高原的万山之中流动的无数涓涓细流，皆从“源”而来。如果我们人类不以某个概念限定自然的法度，而依照大自然本身固有的状态来讲，整个青藏高原布满了“源”，无数个“源”形成了三江源。在八百里通天河的两岸，除了少数牧户和村庄在饮用通天河水外，沿岸的寺院、村落大都有一条充满传奇故事的饮用水源。

千年的寻根溯源，所寻找的并不仅仅是自然的水源。探寻到某条河流的源头，其实也不过是自然地理的存在形式。那从大地上汩汩冒出的泉水，我们人类的目光未曾与它相遇前，“存在”在那里早已等着我们。为何有人在黄河源头，从沼泽地里冒出的一支溪流前泪眼模糊，诗情喷涌？为何有人在各拉丹冬的雪山脚下，五体投地，叩首大地？为何在澜沧江源的吉祥泉，才想起敬天地、赞日月？所谓“饮水思源”，是人类共同的情感。“思源”一定是不由自主的，就像孩子思念母亲。这“源”字能启开人类情感的阀门，唤回久已迷失于人类文明的童心。它没有民族，不分宗教，也无性别，甚至不限于人类，能够超越人类自制的樊笼。“源”能“启生人之耳目，穷法度之本源”。

在通天河南源莫曲河的源头，有一条泉水，名曰“切果阿妈”。“切果”有源头之意。“阿妈”似乎不用翻译，全人类各民族的语言中都有类似的词语。如此普通的一条泉水，却点开了“源”的密码——母亲。传说宗喀巴大师，少年离开家、离开母亲，西去拉萨求学，终生钻研佛学，探究人生哲学，开创了显密圆融的新学派。到晚年，已是声名远播的大智者、大成就者，被尊称为“佛陀第二”。传说某天，他在甘丹寺东边山腰传法，忽闻布谷鸟鸣叫。这声音勾起他对远在宗喀山下的母亲的怀念，大师不由自主地叫了声“阿妈”。传说弥底大师是印度的大班智达。他远离自己的家乡，抛却地位和名誉，跋山涉水来到雪域高原，甘愿过给人打工放羊的生活，据说是为了超度投生雪域受难的母亲。我想他也曾经在心底无数次地呼唤过“阿妈”。那可是他生命的源头啊！

江河溯源，那源头便是一切生命的“切果阿妈”。历史探寻到原始，神话是历史之源；哲学的发端，与神话相连；充满传奇的神话是信仰诞生的源头；生命追寻到起点，母亲是最后的归宿。一切民族的文明源头，都有一条被称为“母亲”的江河。这“母亲”乃是万物之源，生命之源，文明之源。

我们在源头看到的不仅是江河的摇篮，其实在那里能够寻找到人类的情感之源，哲学的思想雏形，神话的原始风貌，史诗的现场演绎，文明的一缕曙光。总之，那里充满了“源”文化的氤氲和诱惑。

我一直想用文学的方式向世人展现“源”文化的魅力。缘此，2017年，在玉树州政府的有力支持下，组织发起了“中国人文生态作家团‘源’文化考察活动”，使一批智慧而充满情感的著名作家，踏上了“源”文化的生发现场，他(她)们从不同层面，以不同视角观照那充满母爱和魅力的“源”文化，并以各自的方式表达了不同的思想。

古岳是一位行走大地的智者。他是用纪实性的笔法探求真理的大作家，同时又是守望三江源，投身“源”文化的生态守护者。二十多年的岁月里，他持续《忧患江河源》，他深深眷恋着这片土地，他甚至有《写给三江源的情书》。他的《冻土笔记》是超验地观察到并忧患源文化之“源”的一部力作。杨勇，是一位解读三江源地理密码的行走者。自20世纪80年代勇漂通天河之后，他与“源”文化结下了不解之缘。三十余年，三江源的山水间留下了他的脚印。《发现三江源》，必定是他探险人生的精彩篇章。于坚，“作为中国第三代诗人的代表人物”，近年“他在散文方面又大放异彩”。他的《在源头》，以现场感极强的语言传递一种“源”文化的魅力。王剑冰是一位满怀诗情的散文大家，他以一位朝圣者的心态踏上了“源”文化寻根之路，以无限崇敬之情用他的笔墨捧起了《江源在上》。唐涓，一位深情关注青藏文化的散文家。她观察独到、文笔细腻，她的散文具有“诗化语言”的魅力。她虽身在城市，但她的情感在《江源栖居》。随着对“源”文化的不断深入了解，我发现自己永远只是一个求道者。所谓“道法自然”，我问道的重点在“源”。“源”文化是取法于自然的“道”，因而我越发觉得自己只有谦卑地《问道三江源》的资格。

“源文化”丛书，即将面世。这套丛书的完成倾注了许多人的心血和汗水。丛书的每一位作家，全身心投入“源文化”的考察，付出了辛勤和智慧。在感谢几位作家的同时，不能忘记一起走过三江源的著名摄影家高屯子，《三江源生态人文杂志》主编杨上青女士，诗人爱若兄、耿国彪和赵永红女士等几位知心朋友。在此向各位朋友表达诚挚的谢意！丛书所以能够与读者见面，归功于玉树州政府及才让太州长的有力支持。才让太州长似乎对“源”文化早已有着深刻的思考和研究，稍稍点开，便能兴趣盎然地与你畅谈三江之源。在此，我用恭敬的双手向才让太州长献一条感恩的哈达！

在此要特别感恩的是著名作家马丽华。2017年，她不仅亲临“第三届嘎嘉洛文化学术研讨会——‘源’文化论坛”现场，而且应诺为“源文化”丛书作序。她的《走过西藏》曾经给了我无限的希望和自信。从那时起，我开始关注青藏高原，关注青藏文化，审视自己脚下的这一片热土。从某种角度而言，《走过西藏》是“源文化”最接地气的佳作。其次要感谢著名画家嘎玛·多吉次仁（吾要）。他怀着对三江源故土的一片情怀，欣然答应承接“源文化”丛书的装帧设计工作。他是美术界的“哲学家”。他在三十多年的艺术探索中，创造了独特的艺术语言与符号元素，作品内涵丰富、寓意深邃。从他的绘画中能够看到佛陀的般若、老子的智慧。感谢原玉树州文联主席彭措达哇的热情支持和积极参与，感谢杂多县委书记才旦周的关怀和支持，感谢索南尼玛、布多杰、欧沙、才仁索南和阿琼等朋友无微不至的后勤工作和呵护。

最后还要郑重地感谢青海人民出版社总编辑王绍玉先生，他在丛书的出版上给予了大力的支持。感谢我的妻子及家人的支持，因为家是我心灵停泊的码头和扬帆远航的动力。

文　扎

2020 年 9 月底初稿

2020 年 10 月底修订